UNE AMIE QUI VOUS VEUT DU BIEN

DU MÊME AUTEUR

DANS LE MASQUE :

QUI A TUÉ CHARLIE HATTON ?
FANTASMES
LE PASTEUR DÉTECTIVE
L'ANALPHABÈTE
L'ENVELOPPE MAUVE
CES CHOSES-LÀ NE SE FONT PAS
ÉTRANGE CRÉATURE
LE PETIT ÉTÉ DE LA SAINT-LUKE
REVIENS-MOI
LA BANQUE FERME À MIDI
UN AMOUR IMPORTUN
LE LAC DES TÉNÈBRES
L'INSPECTEUR WEXFORD
LE MAÎTRE DE LA LANDE
(Prix du Roman d'Aventures 1982)
LA FILLE QUI VENAIT DE LOIN
LA FIÈVRE DANS LE SANG
SON ÂME AU DIABLE
MORTS CROISÉES
UNE FILLE DANS UN CAVEAU
ET TOUT ÇA EN FAMILLE...
LES CORBEAUX ENTRE EUX
UNE AMIE QUI VOUS VEUT DU BIEN
LA POLICE CONDUIT LE DEUIL
LA MAISON DE LA MORT
LE JEUNE HOMME ET LA MORT
MEURTRE INDEXÉ

DANS LE CLUB DES MASQUES :

QUI A TUÉ CHARLIE HATTON ?
MORTS CROISÉES
LE LAC DES TÉNÈBRES

RUTH RENDELL

UNE AMIE QUI VOUS VEUT DU BIEN

LIBRAIRIE DES CHAMPS-ÉLYSÉES

Ce recueil de nouvelles a paru sous le titre original :

THE NEW GIRLFRIEND

SOMMAIRE

UNE AMIE QUI VOUS VEUT DU BIEN

– Tu te rappelles ce que nous avons fait la dernière fois ? demanda-t-il.

Il y avait des semaines qu'elle attendait cette question.

– Oui ?

– Je me demandais si tu aimerais recommencer.

Elle en mourait d'envie, mais ne voulait pas paraître trop impatiente.

– Pourquoi pas ?

– Que dirais-tu de vendredi après-midi, alors ? Je serai de congé, et Angie va toujours voir sa sœur, le vendredi.

– Pas *toujours*, David.

Elle gloussa. A son tour, il rit doucement.

– Mais cette semaine, elle ira. Tu penses qu'on pourrait se servir de ta voiture ? Angie va prendre la nôtre.

– Bien sûr. Je viendrai te chercher vers deux heures, d'accord ?

– J'ouvrirai le garage et tu pourras y entrer directement. Et... oh ! Chris, pourrais-tu t'arranger pour rentrer chez toi un peu plus tard ? J'aimerais tant que nous puissions passer toute la soirée ensemble.

– J'essaierai. (Elle ajouta :) Je suis sûre que je peux me débrouiller. Je dirai à Graham que je sors avec ma nouvelle amie.

– Au revoir. A vendredi.

Christine reposa le téléphone. Elle avait presque renoncé à attendre son appel. Mais elle gardait une lueur d'espoir, malgré tout, car ces derniers temps, elle ne laissait plus l'appareil décroché comme à l'ordinaire.

La dernière fois qu'elle l'avait fait, c'était un jeudi, trois semaines plus tôt. Le jour où elle était allée rendre visite à Angie, et qu'elle avait trouvé David seul chez lui. Christine avait pris l'habitude de décrocher son combiné dans la journée, pour éviter de recevoir des appels destinés à la Midland Bank. Son numéro et celui de la banque ne différaient que d'un chiffre. La plupart du temps, elle décrochait son téléphone à 9 h 30 et ne le remettait en place qu'à 15 h 30. Le jeudi après-midi, elle allait presque toujours voir Angie et ne prenait jamais la peine de l'appeler au préalable.

Christine connaissait assez bien le mari d'Angie. Si elle s'attardait un peu le jeudi, elle le voyait quand il rentrait du travail. Parfois, Christine, Graham, Angie et David sortaient tous les quatre ensemble. Christine savait que David, comme Graham, était représentant, ou « agent commercial », comme Graham se baptisait toujours. Et à la façon dont vivait son amie, Christine devinait que David réussissait plutôt mieux que son mari. Elle n'avait jamais trouvé David particulièrement séduisant, car, bien qu'il fût plutôt grand, son physique avait quelque chose d'un peu féminin, et ses cheveux ondulés étaient très blonds.

Graham, en revanche, était un homme massif, très brun, à la peau mate. Il était obligé de se raser deux fois par jour. Christine avait commencé à sortir avec lui à quinze ans, et ils s'étaient mariés le jour de son dix-huitième anniversaire. Elle n'avait jamais vraiment eu de relations intimes avec un autre homme que son mari. Lorsqu'il lui arrivait aujourd'hui de se trouver seule avec un homme, elle se sentait mal à l'aise et remplie d'appréhension. En vérité, elle redoutait qu'on pût lui faire des avances. Cette perspective l'effrayait beaucoup. Pendant longtemps, elle avait gardé un canif dans son sac à main, au cas où elle aurait eu besoin de se défendre. Un soir qu'ils étaient sortis avec un collègue de Graham et avaient bu quelques verres, elle avait parlé à Graham de cette peur qui l'habitait.

Il lui avait dit qu'elle était stupide, mais avait paru plutôt satisfait.

– Quand tu es allé parler à ces gens et que tu m'as laissée seule avec John, c'est ce que j'ai ressenti. J'étais terriblement nerveuse. Je ne savais pas comment lui parler.

Graham avait éclaté de rire.

– Tu ne pensais quand même pas que ce vieux John allait te draguer au milieu d'un restaurant bondé ?

– Je n'en sais rien. Je ne sais jamais ce que les hommes vont faire.

– Du moment que tu n'as pas peur de ce que moi je vais faire, avait dit Graham en commençant à l'embrasser, c'est le principal.

Inutile de lui dire maintenant, dix ans trop tard, qu'elle avait peur de ce qu'il faisait, et qu'il en avait toujours été ainsi. Bien sûr, elle s'était habituée. Elle n'était pas vraiment terrorisée, plutôt résignée, et parfois même de bonne volonté. Mais David était le seul homme avec lequel elle se fût jamais retrouvée seule sans ressentir la moindre gêne.

La première fois, ce jeudi où Angie était partie chez sa sœur sans avoir pu joindre Christine pour lui dire de ne pas venir, oui, cette fois-là avait été merveilleuse. Elle s'était sentie ensuite heureuse et insouciante. Pourtant, le lendemain, ce qui s'était passé entre David et elle avait pris les allures d'un rêve. C'était à peine croyable. Il lui avait demandé :

– Tu le diras à Angie?

– Pas si tu t'y opposes.

– Je crois qu'elle le prendrait très mal, Chris. Cela pourrait même briser notre mariage. Tu sais... (Il avait hésité.) Tu sais, c'était la première fois que je... Je veux dire que quelqu'un... (Il l'avait regardée dans les yeux.) Dieu merci, c'était avec toi.

Le jeudi suivant, elle était allée voir Angie, comme d'habitude. Entre-temps, elle n'avait eu aucune nouvelle de David. Elle était restée tard pour le voir. A mesure que le temps passait, elle avait senti son estomac se nouer d'appréhension, et son cœur avait battu à tout rompre lorsqu'il était entré.

Il donnait une image très différente de celle que Chris avait découverte lorsqu'elle l'avait trouvé seul, assis à sa table, en train de lire un magazine, la radio allumée. Aujourd'hui, il portait un costume de flanelle grise et une cravate à rayures, grise elle aussi. Lorsque Angie sortit de la pièce, et que Christine se retrouva, pendant une minute, seule avec lui, elle sentit planer sur elle l'ombre de cette ancienne méfiance qui annonçait sa peur. David lui servait un verre. Christine leva la tête, leurs regards se rencontrèrent, et de nouveau, tout alla bien. Il lui adressa un sourire de conspirateur, un doigt sur les lèvres.

– Je te téléphonerai, avait-il chuchoté.

Elle dut attendre deux semaines de plus. Entre-temps, elle se rendit deux fois chez Angie, et Angie vint la voir deux fois également. Les deux couples sortirent ensemble, un soir, et pendant que Graham allait chercher des consommations et qu'Angie était aux toilettes, David regarda Christine, sourit, et effleura son pied sous la table.

– Je t'appellerai. Je n'ai pas oublié.

Ce fut un mercredi qu'il téléphona enfin. Le lendemain, Christine dit à Graham qu'elle avait une nouvelle amie, une fille dont elle avait fait la connaissance à son travail. Elle avait prévu de sortir avec elle le vendredi suivant et ne rentrerait pas avant onze heures. Elle redoutait que Graham eût besoin de la voiture – c'était *sa* voiture, ou celle de son entreprise – mais il se trouva qu'il travaillerait au bureau, ce jour-là, et s'y rendrait en train. Christine n'éprouva aucun sentiment de culpabilité à lui raconter de tels mensonges. Ce n'était pas comme s'il s'agissait d'une liaison sordide. C'était complètement différent.

Quand le vendredi arriva, elle s'habilla avec le plus grand soin. En temps normal, pour aller chez Angie, elle aurait mis un jean, un T-Shirt et un sweater. C'était ce qu'elle portait la première fois où elle s'était trouvée seule avec David. Elle passa une jupe, un chemisier, et sa veste de velours noir. Elle ôta ses bigoudis et se brossa les cheveux pour qu'ils retombent en boucles sur ses épaules. Elle ne disposait jamais de beaucoup d'argent pour s'acheter des vêtements. Les traites de la maison accaparaient le tiers des revenus de Graham et la moitié de ce qu'elle gagnait dans son emploi à temps partiel. Mais elle trouva quand même de quoi s'offrir un collant noir quinze deniers assorti aux chaussures les plus hautes de sa garde-robe, ses escarpins noirs.

Les portes du garage de David et d'Angie étaient grandes ouvertes, et leur voiture ne s'y trouvait pas. Christine engagea la sienne dans l'allée, la fit entrer dans le garage, et referma les deux battants derrière elle. Au fond, une porte donnait sur l'arrière-cour et le jardin. L'entrée de la cuisine n'était pas verrouillée. Elle ne l'avait pas été non plus, ce jeudi-là, trois semaines plus tôt. Elle n'était jamais fermée le jeudi après-midi. Christine poussa la porte et entra.

– C'est toi, Chris?

La voix avait un timbre très viril. Christine avait besoin de *voir* David pour se sentir rassurée. Elle avança dans l'entrée alors qu'il descendait l'escalier.

– Tu es superbe, dit-il.

– Toi aussi.

Il portait un tailleur de soie bleu marine, orné d'un motif de fleurs roses et blanches. La jupe était très courte, et la veste serrée autour de sa taille par une large ceinture bleu marine de cuir verni. La longue chevelure blonde tombait sur ses épaules. Il était très maquillé, et cette fois-ci, il s'était verni les ongles. Il était bien plus beau que la première fois.

Ce jour-là, trois semaines plus tôt, la musique diffusée par la radio à plein volume avait masqué le bruit de son entrée, et Christine était tombée sur cette fille, assise à la table, qui lisait *Vogue*. Un instant, elle avait cru qu'il s'agissait de la sœur de David. Angie lui avait dit que David était fils unique, mais elle l'avait oublié. La jeune femme à la longue chevelure blonde portait une robe d'été rouge à pois blancs, des sandales blanches, et un collier blanc autour du cou. Quand Christine s'aperçut qu'il ne s'agissait pas d'une jeune femme, mais bien de David, elle ne sut plus quoi faire.

Il la dévisagea en silence, sans bouger, puis éteignit la radio. Christine posa une question stupide et tout à fait incongrue :

– Qu'est-ce que tu fais chez toi à une heure pareille ?

La remarque le fit sourire.

– J'avais fini mon travail, alors j'ai pris le reste de ma journée. J'aurais dû fermer la porte à clé. Maintenant que tu es là, autant t'asseoir.

Elle s'assit. Elle n'arrivait pas à le quitter des yeux. Il n'avait pas l'air d'un homme travesti, mais bien d'une femme, et une femme beaucoup plus jolie qu'elle ou Angie.

– Angie est au courant ?

Il secoua la tête.

– Mais pourquoi fais-tu ça ? lança-t-elle en regardant la pièce, le petit salon plutôt désordonné d'Angie, la radio, le numéro de *Vogue*. Qu'est-ce que ça t'apporte ? (Elle se rappela un article qu'elle avait lu et demanda :) Ta mère t'habillait en fille quand tu étais petit ?

– Je n'en sais rien, répondit-il. C'est possible. Je ne me souviens pas. Mais je n'ai pas envie d'*être* une femme. Simplement, ça me fait plaisir de m'habiller en femme de temps en temps.

Le premier choc passé, Christine commença à se sentir plus à l'aise avec David. Son apparence n'avait rien de grotesque. La dernière chose au monde à laquelle il lui faisait penser, c'était à un de ces travestis professionnels. Christine se fit une curieuse réflexion : c'était *mieux*, plus civilisé, en quelque sorte, d'être une femme; si seulement tous les hommes pouvaient ressembler davantage aux femmes... Une idée ridicule, bien sûr, c'était impossible.

– Et cela te suffit de te déguiser et de rester seul, comme ça?

Il ne répondit pas tout de suite.

– Puisque tu me le demandes, ce que j'aimerais vraiment, ce serait sortir dans cette tenue, et... (Il s'interrompit et la regarda)... et être vu par des tas de gens. Voilà ce que j'aimerais. Mais je n'ai jamais eu le cran de le faire.

La folle idée jaillit de sa bouche avant qu'elle ait eu le temps d'y réfléchir une seconde. Elle en avait envie. Elle se mit à trembler d'excitation.

– Alors, allons-y tous les deux, David. Sortons tout de suite. Je vais rentrer ma voiture dans ton garage et tu pourras y monter. Comme ça, les voisins ne verront rien. Et puis on ira quelque part. Tu veux bien, David, n'est-ce pas?

Plus tard, elle se demanda pourquoi elle y avait pris tant de plaisir. Quel spectacle avaient-ils offert aux passants, pour autant que ceux-ci aient pu en juger, sinon celui de deux femmes qui se promenaient dans Hampstead Heath? Si Angie lui avait proposé ce genre de sortie, Christine aurait trouvé que c'était une bien piètre façon de passer l'après-midi. Mais avec David... Cela ne l'avait même pas gênée qu'il soit de loin le plus élégant, le plus grand, le plus beau des deux. Et cela ne l'ennuyait pas plus maintenant, tandis qu'il descendait l'escalier et venait à sa rencontre.

– Où allons-nous ?

– Pas au Heath, cette fois, répondit-il. Allons faire des courses.

Il acheta un chemisier dans un grand magasin. Christine entra avec lui dans la cabine d'essayage. Ils se promenèrent dans Hyde Park. Plus tard, ils allèrent dîner, et Christine remarqua qu'elles étaient les deux seules femmes du restaurant à dîner en tête à tête.

– Je te suis très reconnaissant, dit David.

Et il posa sa main sur celle de Christine, sur la table.

– Ça me plaît, répondit Christine. C'est tellement... fou. J'adore ça. Tu ne devrais peut-être pas me tenir la main, tu ne crois pas ? Il y a un type, là-bas, qui nous regarde d'un air bizarre.

– Les femmes se tiennent la main, dit-il.

– Un certain *genre* de femmes. David, on pourrait faire ça tous les vendredis où tu ne travailles pas.

– Pourquoi pas ?

Elle n'avait aucune raison de se sentir coupable. Elle ne causait aucun tort à Angie, et elle n'était pas déloyale vis-à-vis de Graham. Tout ce qu'elle faisait, c'était d'innocentes promenades en compagnie d'une autre femme. Graham ne s'intéressait pas à sa nouvelle amie, et ne lui demanda même pas comment elle s'appelait. Christine en vint à attendre le vendredi avec impatience, particulièrement le moment où elle entrait chez Angie et voyait David descendre l'escalier, et aussi celui où ils sortaient de la voiture dans un endroit public et que les premiers regards se posaient sur lui. Ils allèrent à Holland Park, au zoo, et à Kew Gardens.

Ils allèrent au cinéma, et un homme assis à côté de David posa la main sur son genou. David fut ravi, c'était un triomphe pour lui, mais Christine lui chuchota qu'ils devaient changer de place, ce qu'ils firent.

Un soir, au moment de la quitter, il l'embrassa doucement sur les lèvres. Il sentait *Alliage*, ou *Je Reviens*, ou *Opium*. L'après-midi, ils allaient souvent dans un grand magasin et se parfumaient avec des échantillons.

La mère d'Angie habitait le nord de l'Angleterre. A la suite d'une opération, elle dut observer une période de convalescence, et Angie partit s'occuper d'elle. Elle pensait rester là-bas deux semaines, et pendant le second week-end de son absence, Graham devait se rendre à Bruxelles avec le directeur des ventes.

– Nous pourrions passer le week-end ensemble quelque part, suggéra David.

– Graham me téléphonera sûrement, dit Christine.

– Juste une nuit, alors. Le samedi soir seulement. Tu peux lui dire que tu vas sortir avec ta nouvelle amie et que tu rentreras tard.

– D'accord.

Cela l'ennuyait de ne pas avoir de jolis vêtements à se mettre. David possédait une garde-robe restreinte, mais ravissante, composée d'ensembles, de robes, de chaussures, de foulards et de superbes sous-vêtements. Il gardait tout à son bureau, dans un placard dont lui seul possédait la clé, et c'est dans sa serviette qu'il transportait discrètement ce qu'il voulait rapporter chez lui. Christine ne supportait pas l'idée de partir en voyage vêtue de sa jupe de flanelle grise, d'un chemisier de soie blanche et de sa veste de velours, alors que David porterait sa robe de chez Zandra Rhodes. Sur un coup de tête, elle dépensa deux semaines de salaire pour acheter un tailleur de lin.

Ils prirent la voiture de David. C'était lui qui s'était occupé des réservations, et Christine s'attendait à se retrouver dans un motel à une trentaine de kilomètres de Londres. Elle ne pensait pas qu'il attacherait de l'importance à l'endroit où ils allaient. Son choix, un hôtel aménagé dans une maison vieille de trois siècles, sur la côte du Suffolk, la surprit.

– Si nous allons jusqu'au bout, autant le faire avec classe, lui dit-il.

Christine se sentait bien, heureuse avec lui. Elle essaya d'imaginer ce qu'elle aurait ressenti si elle s'était apprêtée à passer la nuit dans un hôtel avec un homme, un amant. Si la personne assise à côté d'elle n'avait pas porté une robe de soie imprimée noire et blanche et une veste rouge vif, mais un costume, une chemise et une cravate. Si le visage qu'elle prenait tant plaisir à regarder n'avait pas été poudré et maquillé, mais rugueux et déjà bleu de barbe. C'était inconcevable. Ou plutôt, elle savait que dans ce cas, elle aurait sauté de la voiture au premier feu rouge.

Ils s'installèrent dans deux chambres individuelles contiguës. Elles étaient minuscules, mais Christine comprenait bien la gêne qu'une chambre pour deux aurait occasionnée à David qui, à un moment ou à un autre – bien qu'elle préférât ne pas y penser – allait devoir se raser et se déshabiller, pour redevenir ce qu'il était vraiment.

Il entra dans la chambre de Christine et s'assit sur le lit, tandis qu'elle sortait de sa valise une chemise de nuit et une paire de chaussures de rechange.

– C'est amusant, non?

Elle hocha la tête, clignant des yeux devant le miroir tandis qu'elle se maquillait les cils à l'aide d'une petite brosse. David se faisait toujours les yeux de façon ravissante. Christine se retourna et lui sourit.

– Descendons prendre un verre.

La salle à manger, le bar et le salon étaient des pièces à plafond bas et à poutres apparentes, aux murs recouverts de panneaux de bois sculptés. Il y avait des vieilles cartes géographiques, des gravures représentant des scènes de chasse dans des cadres dorés, et des coupes de cuivre pleines de roses. Les portes-fenêtres, grandes ouvertes, donnaient sur une terrasse. Le soleil était encore haut dans le ciel, et il faisait très doux. Tandis que Christine s'installait au soleil sur la terrasse, David alla chercher leurs consommations. Lorsqu'il revint, un homme l'accompagnait, un homme épais et bedonnant d'une quarantaine d'années, qui portait un plateau chargé de quatre verres.

– Voici Ted, annonça David.

– Enchanté de faire votre connaissance, dit Ted. J'ai demandé à mon ami de se joindre à nous. J'espère que vous n'y voyez pas d'inconvénient.

Elle ne pouvait pas dire le contraire. David la regarda, et à son expression, Christine comprit qu'il avait délibérément dragué Ted.

– Mais pourquoi as-tu fait ça? lui demanda-t-elle plus tard. Qu'est-ce qui t'a poussé? L'autre fois, au cinéma, quand cet homme a posé la main sur toi, tu m'as dit que tu n'avais pas vraiment apprécié.

– C'était trop physique. Ce soir, c'est juste pour

rire. Tu ne t'imagines pas que je les laisserais me toucher, quand même?

Au dîner, Ted et son ami Peter s'installèrent à la table voisine de la leur. Christine resta muette et distante, mais David flirta avec eux. Ted n'arrêtait pas de se pencher vers lui, de chuchoter à son oreille, et David gloussait et souriait. Il était évident qu'il s'amusait prodigieusement. Christine était sûre qu'après le repas, les deux hommes allaient les inviter à sortir avec eux. Elle commença à avoir peur. Et si David se laissait entraîner par la folie du moment, par son désir de « s'amuser », et partait quelque part avec Ted, la laissant seule avec Peter? Peter avait un visage rougeaud, une moustache et une barbe noires, et sur la joue gauche, une verrue hérissée de poils. David et elle mangeaient un steak et le serveur leur avait donné des couteaux à viande pointus et très affûtés. Elle n'avait pas utilisé le sien, car la viande était très tendre. Quand elle fut sûre que personne ne la regardait, elle glissa le couteau dans son sac à main.

Ted et Peter n'avaient pas fini de prendre leur café et leur digestif lorsque David se leva brusquement en disant à Christine :

– Tu viens?

– Je suppose que vous vous êtes mis d'accord pour vous retrouver plus tard? demanda-t-elle dès qu'ils furent sortis de la salle à manger.

David la regarda. Ses lèvres peintes d'un rouge écarlate dessinèrent un large sourire. Il éclata de rire.

– Je les ai envoyés aux pelotes.

– Non? *Vraiment?*

– J'ai bien vu que cette idée te rendait malade. De plus, nous avons envie d'être seuls, non? En tout cas, je sais que moi j'ai envie d'être seul avec toi.

Elle faillit crier son nom pour que tout le monde pût l'entendre, tant son soulagement était grand. Elle se reprit à temps, mais tremblait.

– Bien sûr, j'ai envie d'être seule avec toi.

Elle passa son bras sous le sien. Cela n'avait rien d'inhabituel, après tout, de voir deux femmes marcher bras dessus, bras dessous. Des hommes se retournaient sur David, et l'un deux siffla. Christine était sûre que le sifflement était destiné à David, car il était magnifique avec ses longs cheveux blonds et ses sandales de cuir rouge à hauts talons. Ils marchèrent sur le front de mer le long de la promenade. Il faisait encore trop doux, même à huit heures et demie du soir, pour porter un manteau. Beaucoup de gens étaient sortis, mais il n'y avait pas foule. L'endroit était trop chic pour attirer les foules. Ils allèrent jusqu'au bout de la jetée, prirent un verre à l'Auberge de la Marine, et un autre aux Armes du Pêcheur. Un homme fit des avances à David dans ce second bar, mais cette fois-ci, il se montra froid et distant.

– J'aimerais passer mon bras autour de ta taille, dit David sur le chemin du retour. Mais je suppose que ce n'est pas possible, même s'il fait nuit.

– Il ne vaut mieux pas. (Elle ajouta soudain :) Je viens de passer la meilleure soirée de ma vie.

Il la regarda.

– Tu parles sérieusement ?

Elle hocha la tête.

– Absolument.

Ils rentrèrent à l'hôtel.

– Je vais leur demander de nous monter deux verres. Dans ma chambre. Ça te convient ?

Elle s'assit sur le lit. David passa dans la salle de

bains. Pour se remaquiller, pensa-t-elle, peut-être pour se raser avant que le serveur ne le voie. On frappa, et le garçon entra avec un plateau sur lequel étaient posés deux grands verres d'un liquide dans lequel flottaient des fruits et des feuilles, deux serviettes de table roses, deux olives sur des bâtonnets, et deux bonbons à la menthe enveloppés dans du papier vert.

Christine trempa ses lèvres dans l'un des deux verres. Elle mangea une olive. Elle ouvrit son sac à main, en sortit un miroir et un bâton de rouge, et se peignit les lèvres. David sortit de la salle de bains. Il avait retiré sa perruque blonde et son maquillage. Il ne s'était pas rasé, et une ombre de barbe pâle perçait sur son menton et ses joues. Les jambes et les pieds nus, il portait un peignoir de bain bleu marine de coupe très masculine. Christine tenta de dissimuler sa déception.

– Tu t'es changé, dit-elle d'une voix enjouée.

Il haussa les épaules.

– Il y a des limites.

Il leva son verre, elle leva le sien, et il dit :

– A la nôtre!

Un début de panique s'empara d'elle. Sa virilité était soudain tellement évidente. Elle s'écarta un peu de lui sur le matelas.

– J'aimerais qu'on ait tout le week-end devant nous...

Elle hocha nerveusement la tête, et prit conscience qu'un léger tremblement s'était emparé d'elle. David aussi l'avait remarqué. A plusieurs reprises, déjà, il avait constaté à quel point l'émotion faisait trembler Christine.

– Chris, fit-il.

Elle demeura passive et effrayée.

– Je ne suis pas réellement comme une femme,

Chris. Je fais seulement semblant, quelquefois, pour m'amuser. Tu le sais, ça, non? (La main qui la toucha sentait le dissolvant pour vernis à ongle. Son poignet était hérissé de poils qu'elle n'avait jamais remarqués auparavant.) Je suis en train de tomber amoureux de toi, reprit David. Et tu ressens la même chose, n'est-ce pas?

Elle était incapable d'articuler un mot. David l'attira par les épaules. Il approcha sa bouche de la sienne, la prit dans ses bras et se mit à l'embrasser. Sa peau était rugueuse comme de l'abrasif, et il montait de son corps une odeur aussi virile que celle de Graham. Christine trembla et frissonna. David la poussa sur le lit et commença à la déshabiller, sa bouche toujours collée à la sienne, son corps pesant lourdement sur celui de la jeune femme.

Elle tâtonna derrière elle, plongea la main dans l'ouverture du sac à main, et en sortit le couteau. Elle savait où frapper, car elle sentait le cœur de David battre violemment contre son sein droit. Et elle frappa, encore et encore. Le jet de sang vermeil éclaboussa ses vêtements, le lit, et les deux bonbons à la menthe restés sur le plateau.

The New Girl Friend
Traduction : J. P. Gratias

UN PARFUM BLEU SOMBRE

On pouvait affirmer sans mentir que pas un seul jour ne s'était écoulé sans qu'il pensât à elle. Sauf à l'âge mûr, d'autres femmes l'avaient alors distrait, même s'il n'en avait aimé aucune au point d'en faire sa seconde épouse. Mais une fois la cinquantaine arrivée, il se remit à évoquer son souvenir comme aux premiers temps. Il voyait d'autres hommes de son âge se préparer sereinement à la vieillesse, entourés d'épouses aimantes, et il soupirait tout bas : « Catherine, Catherine... »

Depuis quelle l'avait quitté, il n'avait jamais travaillé ni vécu dans son pays natal, car la société qui l'employait l'envoyait aux quatre coins du monde. Pendant des années, il avait vécu en Amérique du Sud, en Afrique, aux Antilles, ne rentrant chez lui que pour les vacances – et encore, pas toujours. Il comptait néanmoins retourner définitivement dans son pays lorsqu'il prendrait sa retraite et, dans cette perspective, avait acheté une maison lors d'un de ses congés. Celle-ci se trouvait dans la ville où ils étaient nés, elle et lui, mais il avait choisi un quartier aussi éloigné que possible de celui où elle s'était installée avec son nouveau mari – et également de l'endroit où ils avaient jadis vécu ensemble. Car c'est à l'époque où il avait acheté cette maison qu'il avait commencé à penser quotidiennement à elle.

Il prit sa retraite à soixante-cinq ans, et rentra au pays. Il fit le voyage en avion et expédia par bateau les affaires qu'il avait accumulées – entre autres, le pistolet qu'il s'était procuré quarante ans auparavant dans l'intention de se tuer le jour où la situation lui deviendrait insupportable. Mais il n'avait jamais tout à fait atteint ce stade, même à l'époque de la rupture. La colère et la haine qu'il nourrissait contre elle l'avaient aidé à survivre, et il n'était même jamais allé jusqu'à charger le petit automatique inutilisé.

Lorsqu'il rentra chez lui, c'était l'hiver – morne, humide et beaucoup plus froid que dans son souvenir. Quand la neige se mit à tomber, il se calfeutra dans sa maison, bien au chaud, sans voir personne. De toute manière, il n'avait personne à voir; tous les gens qu'il connaissait avaient quitté la ville ou étaient morts.

Dès que ses trois malles arrivèrent – c'était tout ce qu'il avait amassé en quarante ans : trois malles de bric-à-brac – il entreprit de les défaire avec une certaine curiosité. A part le pistolet qu'il avait rangé lui-même, c'était son domestique qui avait emballé toutes ses affaires. Il découvrit ainsi des objets dont il avait depuis longtemps oublié l'existence : des livres, des bibelots – et, dans une enveloppe qu'il croyait avoir détruite après leur séparation, toutes ses photos d'elle.

Un soir, au début du printemps, il les regarda. La femme de ménage lui avait apporté un vase de jacinthes bleues dont le parfum suave et langoureux emplissait la pièce. « Catherine, Catherine... » murmura-t-il en contemplant la photo d'elle dans leur jardin, la photo d'elle au bord de la mer, les cheveux au vent. Il aurait eu une vie tellement différente si elle était restée avec lui! Si seulement il avait été un mari complaisant, prêt à supporter son infortune, à accepter et à pardonner... Mais comment aurait-il pu tolérer cela? Comment aurait-il pu la garder auprès de lui alors qu'elle était enceinte d'un autre homme?

Incommodé par l'odeur des jacinthes, il faillit se trouver mal. Il remit les photos dans l'enveloppe, mais il lui sembla voir encore son visage à travers l'épais papier brun. Elle devait avoir maintenant près de soixante-dix ans, puisqu'elle était un peu plus âgée que lui. Elle devait être ridée et laide, grosse et arthritique, peut-être, avec des bajoues et des yeux enfouis dans les replis de la peau. Son long cou blanc était sans doute devenu un amas de chairs avachies et ses brillants cheveux châtains un buisson grisâtre. Aujourd'hui, aucun homme ne voudrait plus d'elle.

Il se leva et se regarda dans la glace accrochée au-dessus de la cheminée. Il n'avait pas beaucoup vieilli, pas beaucoup changé. Tout le monde le disait. En vérité, il n'avait pas beaucoup vécu non plus; or ce qui fait vieillir, c'est une vie bien remplie. Il n'était pas chauve, il était plus mince qu'à vingt-cinq ans, et il avait encore le regard vif, nostalgique, plein d'espoir. S'ils s'étaient trouvés aujourd'hui côte à côte, tous les deux, elle aurait accusé ses quatre années de plus que lui.

Peut-être était-elle morte. Il n'avait pas eu de ses nouvelles, n'avait plus entendu parler d'elle depuis leur divorce et son remariage avec cet Aldred Sydney. Peut-être Aldred Sydney était-il mort; peut-être Catherine était-elle veuve. Il songea à l'impact émotionnel que la simple mention de ce nom – dans n'importe quel contexte – avait toujours eu sur lui.

« Je voudrais vous présenter le nouveau directeur général, Sydney Robinson. »

« Oui, on nous envoie en Australie... à Sydney, plus précisément. »

« Cameron et Sydney, Promoteurs Immobiliers. Vous désirez ? »

Pendant longtemps, il avait tremblé chaque fois qu'il entendait prononcer le nouveau nom de son ex-femme. Il se demandait comment on pouvait proférer ce nom avec un tel détachement. Aldred Sydney ne devait pas avoir plus de soixante-dix ans; rien ne permettait de supposer qu'il fût mort.

« Connaissez-vous Aldred et Catherine Sydney ? Ils habitent au numéro 22. Oui, un couple assez âgé. C'est un plaisir de les voir, ils sont tellement dévoués l'un à l'autre ! »

Elle n'habitait certainement plus là-bas; cela remontait à quarante ans. Il alla chercher dans le hall l'annuaire des téléphones et resta assis quelques instants, immobile, le gros volume sur les genoux, respirant à fond parce que son cœur battait la chamade. Enfin, il ouvrit l'annuaire à la page des « S ». Aldred était un prénom si peu répandu qu'il n'y avait sans doute qu'un seul Aldred Sydney dans tout le pays. Il y avait beaucoup de A. Sydney habitant à des adresses qui ne lui disaient rien, mais il ne trouva pas celui qui l'intéressait. Par la suite, il se demanda pourquoi il avait pris la peine de regarder plus bas, de laisser glisser son regard le long de la colonne des « B » pour découvrir finalement, sans erreur possible, son prénom à elle. Sydney, Catherine, 22 Aurora Road. Elle était toujours là, elle vivait toujours là, et le téléphone était à son nom. Aldred Sydney était probablement mort... Il regretta d'avoir cherché dans l'annuaire. A quoi cela l'avait-il avancé? Cette nuit-là, il dormit à peine; et le lendemain matin, lorsqu'il se réveilla de bonne heure après un petit somme, il avait son prénom sur les lèvres : « Catherine, Catherine... »

Il s'imagina en train de lui téléphoner :

– Catherine?

– Oui, c'est elle-même. Qui est à l'appareil?

– Tu ne le sais pas? Devine. Cela fait bien longtemps, Catherine.

Une telle scène était possible en rêve, pas dans la réalité. Il serait incapable aujourd'hui de reconnaître sa voix; s'il la rencontrait dans la rue, il ne la reconnaîtrait pas. A 10 heures, il prit sa voiture, traversa le fleuve puis la banlieue nord. Quarante ans auparavant, le quartier où elle habitait se situait bien à l'écart de la grande métropole, au-delà de champs et de bois.

Il emprunta de nouvelles rues, traversa des quartiers tout neufs. Sans son plan, il n'aurait eu aucune idée de l'endroit où il se trouvait. En l'espace de quatre décennies, la campagne avait perdu du terrain : elle rôdait timidement aux abords de la petite ville qui était devenue une banlieue. Il atteignit Aurora Road. Il n'y était encore jamais venu, n'avait jamais vu la maison, bien qu'il fût capable de localiser précisément la rue sur n'importe quel plan, comme si le nom avait été imprimé en lettres rouges pour lui brûler les yeux.

Le fait d'être là pour de bon et de voir enfin l'endroit lui donna le vertige. Il ferma les paupières et resta assis là, la tête sur le volant. Enfin, il regarda la petite maison bien entretenue. Elle était repeinte à neuf, d'une couleur pimpante; la porte d'entrée, vieille de cinquante ans, avait été remplacée par une porte à panneaux en chêne et la baie carrée par une fenêtre en saillie. C'était malgré tout une pauvre maison minable. Il eut un petit ricanement méprisant pour feu Aldred Sydney, qui n'avait pas été capable d'offrir mieux à son épouse.

Et s'il allait sonner à la porte? Non, ce serait un trop grand choc pour elle. Lui, il avait eu le temps de se préparer; elle, par contre, n'était nullement prête à affronter ce mari d'autrefois, si peu changé physiquement. Jadis, il aurait savouré avec délices la cruauté d'une telle démarche. Quelle revanche! L'homme séduisant, aux joues dorées par le soleil tropical, au ventre plat et au corps droit, face à la vieille femme ridée, grisonnante, épaissie. Il soupira. Tout désir de vengeance l'avait quitté. Il voulait maintenant se montrer clément, généreux. En l'occurrence, la meilleure façon de se montrer généreux n'était-elle pas de la laisser en paix? La laisser à sa petite maison et aux simples occupations de la vieillesse?

Il démarra et roula un peu, surpris de constater qu'Aurora Road était juste à la lisière de la campagne et que les pavés gris menaient directement dans les champs. Du temps où elle était plus jeune, peut-être s'était-elle quelquefois promenée là-bas, sous les arbres, le long de ce sentier. Il descendit de voiture et s'engagea à pied dans le chemin. Au bout d'un moment, il vit dans le lointain un train qui jouait à cache-cache entre les bouquets d'arbres, les vertes prairies et les grappes de toits rouges. Puis il tomba sur un poteau indiquant la direction de la gare. Peut-être était-elle venue ici accueillir Aldred Sydney quand celui-ci rentrait de son travail.

Il s'assit sur un banc rustique, en bordure du sentier. C'était un endroit très joli, pas du tout défiguré : on ne voyait pas une seule maison alentour. L'herbe était d'un vert pur, franc, et les haies piquetées de minuscules fleurs blanches, des fleurs de prunier sauvage qui avaient une senteur plus sèche, plus piquante que les jacinthes. Il faisait chaud pour la saison, et le soleil brillait. Un bourdon, vestige de l'été précédent, folâtrait nonchalamment. Appuyant sa tête sur la barre du banc en bois, il s'endormit.

Il fit un rêve déplaisant, qui le ramena à l'époque de sa jeunesse, quand il était à peine plus qu'un adolescent et elle, une femme déjà très avertie. Elle venait le trouver – comme elle était venue le trouver à l'époque – pour lui annoncer tout net, sans vergogne, que l'enfant qu'elle portait n'était pas de lui. Dans son rêve, elle lui riait au nez, mais il ne lui semblait pas qu'elle eût fait cela dans la réalité. Non, sûrement pas. Il se réveilla en sursaut, se demandant l'espace d'un instant où il était. Les conversations des gens qui se promenaient dans le sentier l'avaient tiré de son sommeil. Il se leva, regagna sa voiture et rentra chez lui. Toute la semaine, il hésita à lui téléphoner. Il mourait d'envie de la revoir. On eût dit qu'il était de nouveau amoureux, tant il était rempli de désirs obsessionnels, de craintes insoupçonnées et d'étranges caprices. Un après-midi, il se promit de lui téléphoner à 4 heures précises : quand les aiguilles de sa montre indiqueraient 4 heures, il compterait jusqu'à dix et composerait son numéro. Mais lorsque 4 heures arrivèrent et qu'il compta jusqu'à dix, son bras refusa de lui obéir et de soulever le combiné; c'était comme s'il était paralysé. Que lui arrivait-il donc, s'il n'était même pas capable d'appeler une vieille dame qu'il avait connue autrefois?

Le lendemain, en fin d'après-midi, il retourna en voiture à Aurora Road. Trois femmes d'un certain âge marchaient de conserve dans la rue, mais pas dans la direction de la maison; elles venaient en sens inverse. Catherine était-elle l'une de ces femmes?

Il scruta les trois visages – l'un, pâle et marqué, le second, rougeaud et ferme, le troisième, cireux et flasque – à la recherche des traits de sa Catherine. Il tenta de déceler, dans le pas de chacune, un vestige de sa démarche d'autrefois. L'une d'elles portait un manteau grenat et un informe chapeau assorti, rabattu sur ses cheveux gris. Catherine avait toujours eu un faible pour la couleur lie-de-vin. Elle avait choisi une robe de cette couleur pour son premier mariage – et peut-être aussi pour son remariage avec Aldred Sydney. Mais cette femme-là n'était pas Catherine : lorsqu'elle passa devant la voiture, elle tourna la tête vers lui et croisa son regard sans manifester le moindre signe de reconnaissance.

Au bout d'un petit moment, il longea la rue et, laissant la voiture, s'engagea dans le sentier. Les pétales des fleurs de prunier étaient éparpillés dans l'herbe et l'aubépine bourgeonnait. Le soleil brillait faiblement dans le ciel blanc, cotonneux. Cette fois, au lieu de s'asseoir sur le banc, il quitta le sentier pour se promener sous les arbres, car aujourd'hui, l'herbe était sèche et tendre. Au loin, il entendit passer un train.

Il ne s'attendait pas à croiser autant de gens venant de la gare; il en vit passer une bonne douzaine en l'espace de deux minutes. Il prit l'air de celui qui marche dans un but bien précis – pour garder la forme, par exemple – car que penserait-on en le voyant là, sous les arbres, sans compagnie, sans carnet de croquis, sans même un chien ? Le dernier voyageur le dépassa – du moins supposa-t-il que c'était le dernier. A cet instant, il entendit des pas étouffés, comme le crissement de chaussures légères sur le sol sec et sablonneux.

Par la suite, il devait se dire qu'il avait immédiatement reconnu sa démarche. Sur le moment, en toute franchise, il n'en fut pas très sûr; il ne pouvait pas – il n'osait pas – se fier à sa mémoire. Et elle apparut de façon très soudaine, à l'endroit où le sentier émergeait d'un tunnel d'arbres. Elle se dirigeait vers Aurora Road et passa à moins de dix mètres de lui. Il demeura parfaitement immobile, abasourdi et pétrifié. Il avait l'impression que, s'il faisait le moindre geste, il risquait de tomber raide mort. Elle ne marchait pas vite mais d'un pas souple et aérien, comme autrefois, et les années avaient laissé sur elle une empreinte aussi légère que celle de ses pieds dans le sable. Ses cheveux avaient grisonné et sa taille fine s'était un peu épaissie. Elle commençait à avoir un double menton, et ses traits délicats s'étaient – à peine – empâtés. Rien de plus. Il était peut-être resté jeune, mais elle aussi. Comme si la jeunesse avait été préservée en chacun d'eux en vue de cet instant. Il aurait voulu voir ses yeux, d'un bleu semblable à celui des jacinthes, mais elle regardait droit devant elle et disparut rapidement à un détour du sentier. Il se traîna jusqu'au banc et s'assit. Quelle surprise, quel prodige ! Il l'avait imaginée vieille et la découvrait encore jeune... A vrai dire, elle l'avait toujours étonné. Ses facultés de renouvellement, sa capacité de surprendre, étaient infinies.

Elle était descendue du train avec les autres. Travaillait-elle donc? A son âge? D'autres le faisaient bien, pourquoi pas elle? Manifestement, Sydney était mort sans assurer l'avenir de sa femme. Sydney était mort... Il se proposa de la courtiser une nouvelle fois, de l'aimer, de lui pardonner, de la choyer.

– Veux-tu m'épouser, Catherine?

– Veux-tu encore de moi... après tout ce temps?

– Ce n'était qu'un long et mauvais rêve...

Elle viendrait vivre chez lui et s'assiérait en face de lui le soir, elle partirait en vacances avec lui, elle serait sa femme. Ils badineraient avec leurs amis :

– Depuis combien de temps êtes-vous mariés, tous les deux?

– Nous avons fêté notre second anniversaire de mariage la semaine dernière et nous fêterons notre quarante-cinquième le mois prochain.

Il décida néanmoins de ne pas lui téléphoner. Demain, à la même heure, il s'installerait sur le banc et attendrait qu'elle le reconnaisse en passant devant lui.

Avant de partir, il examina les vieilles photos de lui qui étaient rangées avec les vieilles photos d'elle. A l'époque où ils s'étaient connus, il avait le visage plus plein et ne portait pas de lunettes. Il caressa son front haut et bombé, en se demandant pourquoi celui-ci paraissait si bas sur les clichés. La mode masculine ne changeait pas beaucoup : la veste de sport qu'il portait aujourd'hui ressemblait fort à celle qu'il avait portée pendant son voyage de noces.

En sortant de la maison, il fut assailli par le parfum des jacinthes, maintenant fanées, qui dégageaient une écœurante odeur douceâtre. Des fleurs bleu sombre au parfum bleu sombre. Pris d'une impulsion soudaine, il les décapita et les jeta dans la corbeille à papiers.

C'était une journée radieuse; il fit coulisser son toit ouvrant, et se rendit à Aurora Road. A proximité du champ et du sentier, il ôta ses lunettes et les mit dans sa poche. Il n'y voyait pas très bien sans elles, et trébucha un peu le long du chemin.

Il n'y avait personne sur le banc. Il s'assit au milieu. Il entendit le train, puis le vit se faufiler en ferraillant entre les arbres touffus, entre les petits toits rouges et les carrés de verdure. Le bonheur de sa vie se trouvait dans l'un de ces wagons. Quoique... Peut-être ne prenait-elle pas régulièrement ce train? Peut-être son apparition de la veille avait-elle été un événement isolé, en ce sens qu'elle ne rentrait pas de son travail mais d'une simple visite?

Il n'eut guère le loisir de réfléchir à la question : les voyageurs commençaient déjà à arriver, d'abord un par un, puis deux par deux. Apparemment, ils étaient moins nombreux que la veille. Il attendit, les mains jointes; et quand elle survint, il l'entendit à peine tant elle marchait sans bruit.

Il avait la vue si basse sans ses lunettes qu'elle lui apparut à travers une sorte de brouillard, telle une revenante ou un fantôme. Mais c'était bien elle, c'était bien sa démarche athlétique et ses mouvements énergiques, inchangés depuis sa jeunesse – de même qu'était inchangée l'atmosphère qui émanait d'elle : il l'aurait reconnue même s'il avait été non pas myope mais totalement sourd et aveugle.

A son approche, les tremblements qui le

secouaient cessèrent; il se leva à demi du banc, les yeux fixés sur elle. A présent, elle le regardait aussi. Elle était toute proche, et son visage lui apparut soudain avec netteté, un visage sur lequel il lut de l'étonnement, de la méfiance, puis une légère appréhension. Mais il eut la certitude qu'elle le reconnaissait. Il articula d'une voix rauque :

– Tu ne me reconnais pas?

Elle pressa le pas, se mit à courir. Il la suivit des yeux, incrédule. A cet instant, un homme – venant de la gare, lui aussi – sortit du tunnel d'arbres et la rattrapa. Ils tournèrent la tête vers lui en chuchotant. Il entendit alors sa voix, à peine un peu plus faible, un peu plus cassante qu'à l'époque de leur première rencontre. Il quitta son banc et se promena sans but au milieu des arbres, la tête dans les mains. Elle l'avait regardé, elle avait semblé le reconnaître... et puis elle l'avait fui.

De retour chez lui, il prit conscience d'une chose qu'il n'avait jamais vraiment admise lorsqu'il avait pris sa retraite : il n'avait aucune raison de vivre. Pendant une semaine, il avait vécu pour elle, avec l'espoir de la reconquérir. Il prit son pistolet – le petit automatique inutilisé – et le chargea. Puis il mit le cran de sûreté et contempla l'arme. Il allait écrire à Catherine pour lui expliquer les raisons de son geste; lorsqu'elle recevrait sa lettre, il aurait mis son projet à exécution... Non, encore mieux : il la reverrait d'abord une dernière fois, il la forcerait à l'écouter, puis il passerait à l'acte.

Le lendemain après-midi, il se rendit à Aurora Road. Il était presque 5 heures 30, elle n'allait pas tarder à arriver. Il se gara devant la maison et resta assis dans sa voiture, conscient de la bosse dure que formait le pistolet dans sa poche. Au bout de quelques minutes, l'homme qui avait abordé

Catherine la veille apparut, seul; il remonta Aurora Road et tourna dans une rue latérale.

Elle était en retard. Il descendit de voiture et partit à sa recherche, incapable de supporter plus longtemps cette attente douloureuse, ce suspense malsain. Il revoyait sans cesse l'expression de son visage quand elle l'avait regardé : une expression de dégoût, puis de peur.

Un autre train se frayait cahin-caha un chemin entre les bouquets d'arbres et les petits chevrons rouges. Il l'entendit entrer en gare. Cette verdure, cette gamme étendue de verts différents, avait-elle été aussi éclatante la veille? Tous ces verts – celui de l'herbe, celui des nouvelles feuilles de hêtre, celui des bourgeons d'aubépine – lui faisaient mal aux yeux. Il passa devant le banc sans s'arrêter et atteignit ainsi un bosquet ombragé où les arbres formaient une voûte au-dessus du sentier.

Il n'était encore jamais allé aussi loin. Ses pieds s'enfonçaient dans le sable en murmurant comme des colombes. Il s'immobilisa et attendit.

Elle ralentit en le voyant et continua d'avancer d'un pas hésitant, une main levée devant son visage. Il fit un pas vers elle.

– Je t'en prie, dit-il, ne t'en va pas. Je t'en prie. J'ai tellement envie de te parler.

Aujourd'hui, il avait mis ses lunettes pour ne pas risquer d'être abusé par ses yeux. Il ne pouvait donc se méprendre sur la façon dont elle le regardait : son expression était un mélange de terreur et de haine. Mais cette fois, elle ne pouvait poursuivre son chemin sans se jeter dans ses bras. Elle se détourna vivement pour rebrousser chemin, et c'est alors qu'il tira sur elle.

La première balle la terrassa. Il s'élança auprès d'elle mais ne put la regarder; aveuglé par le voile rouge de la vengeance, il ne voyait qu'une silhouette toute petite et très lointaine. Il tira encore et encore, jusqu'à ce que retombe enfin, inerte, la blanche main dépourvue d'alliance, avec laquelle elle avait faiblement tenté de se protéger le visage.

Le pistolet était vide. Ses vêtements étaient tachés de sang mais cela lui était égal. Peu lui importait d'être vu, du moment qu'il pouvait rentrer chez lui et recharger son arme pour en finir. Chose surprenante, il était capable de marcher; et, pour autant qu'il pût en juger, il marchait tout à fait normalement. Il n'éprouvait aucun sentiment, ni peur ni chagrin, et sa respiration redevenait normale, quoique son cœur battît encore la chamade. Sur un dernier regard au cadavre, il s'éloigna, sortit du tunnel d'arbres et regagna le sentier. Le soleil projetait sur l'herbe des nappes de lumière vive et de longues ombres fuselées. Il remonta Aurora Road en direction de sa voiture garée devant la maison.

A l'instant où il déverrouillait la portière, la porte de la maison s'ouvrit, et une vieille dame sortit sur le seuil. Il la reconnut : c'était l'une des trois femmes qu'il avait vues la veille – celle qui portait un manteau et un chapeau grenat. Elle vint à la barrière et surveilla le côté gauche de la rue, l'air un peu anxieux; puis elle le regarda et lui sourit. Quelque chose dans son regard fixe dut l'inciter à lui adresser la parole, à se montrer polie avec lui.

– Je guette ma fille, expliqua-t-elle. Aujourd'hui, elle est un peu en retard; elle prend généralement le premier train.

Il posa ses mains glacées sur la barre du portail. Le sourire de la vieille dame s'évanouit.

– Catherine, murmura-t-il. Catherine...

Elle leva vers lui des yeux interrogateurs, aussi bleus que les jacinthes qu'il avait jetées.

A Dark Blue Perfume
Traduction : Gérard de Chergé.

[illegible]

A Paul [illegible]
Traduction : [illegible]

[illegible]

[illegible]

LES MURS DU VERGER

Je n'en ai jamais parlé à personne.

C'est de l'histoire très ancienne, bien sûr. La honte cuisante, l'humiliation sont apaisées depuis longtemps. Quarante années ont passé, et avec elles s'est effacé le sentiment qu'on m'avait laissé d'être une enfant d'une précocité malsaine et perverse. J'ai fait de mon mieux pour ne jamais y penser, pour que ne résonnent plus à mon oreille les paroles de Mrs Thorn :

– Comment oses-tu dire une chose aussi dégoûtante ! A ton âge ! Tu dois être vicieuse pour penser des choses pareilles !

Certains détails, pourtant, faisaient tout ressurgir : l'odeur du chèvrefeuille, un couple de ramiers tachés de sang à la devanture d'une boucherie, les premières cerises de la saison... Je sentais alors le feu me monter aux joues, comme ce jour-là, sous l'arbre, tandis que Daniel m'agrippait l'épaule de sa main dure et que Mrs Thorn tremblait de rage. Le souvenir, jamais complètement exorcisé, avait toujours le pouvoir de punir l'adulte pour la faute de l'enfant.

Jusqu'à aujourd'hui.

Voir guérir un traumatisme d'enfant par un

analyste doit ressembler à ça, mais moi, c'est un journal qui m'a guérie. Il est arrivé dans ma boîte, et m'a appris que je n'avais été ni dégoûtante, ni vicieuse. J'avais eu raison. Sur l'essentiel, en tout cas. Toute la journée, je me suis demandé ce que je devais faire. Toute la journée, j'ai pu penser à Ella et Dennis Clifton sans rougir de honte, à Mrs Thorn avec pitié et à cette charmante ferme perdue dans la campagne quasiment avec nostalgie.

Il y a longtemps de cela. J'avais quatorze ans. Est-on un enfant à cet âge? Eux en étaient persuadés, et moi aussi, à l'époque. Mais la vérité, c'est que je pataugeais dans les ruisseaux, grimpais aux arbres, faisais la roue mieux que personne, et qu'en même temps, ma tête débordait de rêves d'amours romantiques. Je vivais une période charnière, j'allais sortir de ma chrysalide, j'avais quatorze ans.

Les bombes tombaient sur Londres. Mon école avait déjà été évacuée une fois, puis j'étais revenue dans notre banlieue. Nous y vivions presque en sécurité. Pourtant, mes parents étaient inquiets. Voilà pourquoi ils décidèrent de m'envoyer à Inchfield, chez les Thorn. Je lisais la peur dans les yeux de ma mère et cela me mettait mal à l'aise.

– Tu n'y resteras que jusqu'à la fin août, plaida-t-elle. C'est très beau là-bas. Dis-toi que ce sont des vacances prolongées.

Je me souvenais de la précédente évacuation, à Hereford, de la vie chez des inconnus, de la nourriture inhabituelle.

– Ce sera différent. Ella est ta tante.

C'était la sœur cadette de ma mère. Elle avait douze ans de moins qu'elle. Entre les deux, il y avait une autre sœur et un frère, qui vivaient dans le Nord. Le mari d'Ella était – ou avait été – fermier dans le Suffolk. Pour l'heure, il servait dans l'armée, et son frère aîné s'occupait de la ferme. Plus tard, une fois Ella morte, et Philip Thorn remarié, alors qu'il ne me restait d'eux que cette chose honteuse que je m'efforçais d'oublier, je découvris qu'Ella l'avait épousé à dix-sept ans parce qu'elle était enceinte et qu'à l'époque, dans les années trente, il n'y avait pas d'autre solution. Six mois après son mariage, Ella avait accouché d'un enfant mort-né. Quand on m'expédia à Inchfield, elle n'avait que vingt-cinq ans, toujours pas d'enfant et vivait avec son beau-frère et sa belle-mère au fin fond de la campagne, tandis que son mari se battait en Afrique du Nord.

Je ne voulais pas y aller. A quatorze ans on n'a peur de rien, on sait qu'on est immortel. Après les raids aériens, j'allais dans les rues ramasser des morceaux de *shrapnel*, des fragments d'obus. Le plus dur, c'était de devoir dormir dans un abri plutôt que dans ma chambre. Avoir de nouveau un endroit à moi seule était une grosse tentation. Je cédai. Aujourd'hui encore, je ne sais pas si j'étais invitée ou si ma mère avait simplement écrit pour annoncer mon arrivée, demander qu'on m'héberge.

Je partis la deuxième semaine de juin. Daniel Thorn devait venir me chercher à la gare d'Ipswich. Emportée par mon romantisme échevelé, je m'attendais à trouver une voiture attelée à un poney, ou même un cavalier sur un étalon noir, menant pour moi une jument baie – jamais pourtant je n'étais montée à cheval. Il arriva au volant d'une vieille camionnette Ford.

Nous empruntâmes des chemins verdoyants et silencieux. De temps en temps, un coup de feu claquait, et je pensais sans savoir exactement pourquoi que cela devait avoir un rapport avec la guerre.

– La guerre? fit Daniel, avec le petit rire méprisant du campagnard envers le citadin. La guerre ne vient pas jusqu'ici. C'est un chasseur qui tire des lapins.

Et du lapin, nous allions en consommer : en fricassées, rôti, en terrines – quand on ne servait pas du pigeon ramier. Cela changeait des saucisses de Londres, mais je n'ai plus jamais mangé de lapin depuis, pas une fois. La seule odeur du civet – j'en fis l'expérience dans la cuisine d'une amie – me soulevait le cœur. Fricassée de lapin et tarte aux cerises : voilà exactement le menu qui m'aurait rendue malade!

La ferme m'enchanta au premier regard. A Hereford, on m'avait envoyée dans un cottage de brique rouge, laid et minable, mais des maisons comme *Cherry Tree Farm*, je n'en avais encore jamais vu, sauf sur les calendriers. Le bâtiment était long et bas, surmonté d'un toit de chaume, tout comme les deux granges. A l'arrière-plan s'étendaient les collines verdoyantes et la masse sombre des bois. Et partout, disséminés sur les pentes herbeuses, il y avait des cerisiers. L'un d'eux poussait si près de la maison que ses branches frottaient contre une fenêtre.

Les femmes sortirent pour nous accueillir. Ella me tendit une joue blanche et froide. Elle ne souriait pas, et semblait se morfondre. En fin de compte, c'était à la fois mieux et pire que ce à quoi je m'étais attendue. Ella était pire, et Mrs Thorn mieux. La ferme était dix fois mieux, le thé ressemblait à ce qu'on servait avant la guerre, et ma chambre n'était pas seulement plus agréable que l'abri, elle était plus agréable que ma propre chambre chez mes parents. Mrs Thorn m'y conduisit lorsque nous eûmes mangé les *scones* et le gâteau aux noix.

C'était une pièce basse de plafond, aux poutres apparentes. Sur le lit, il y avait un couvre-pieds en patchwork; le papier peint était orné de grappes de cerises. Je regardai par la fenêtre.

– On ne voit pas les cerisiers, d'ici. C'est pour ça qu'on a mis des cerises aux murs?

Ma question parut la déconcerter. C'était une femme simple et conservatrice.

– Je ne crois pas. Ce serait un peu farfelu.

Ma fenêtre donnait à l'arrière de la maison, sur d'austères massifs de roses aux formes géométriques. C'était, je devais l'apprendre plus tard, le jardin de Mrs Thorn; elle l'entretenait elle-même.

– Qui dort dans la chambre au cerisier? demandai-je.

– Ta tante. (Mrs Thorn ne disait jamais « Ella », mais « ta tante ». Le respect, elle y tenait.) Mon fils Philip a toujours occupé cette chambre.

Toujours... J'enviai le soldat parti au loin. Un arbre dont les branches effleuraient la fenêtre de votre chambre à coucher, c'était un moyen d'évasion idéal. On n'avait peut-être même pas besoin de draps noués pour se glisser jusqu'au sol. J'en fis la remarque à Mrs Thorn, mais sur un ton prudent, car je me doutais bien qu'elle ne verrait pas les choses sous cet angle.

– Jamais Philip n'a fait une chose pareille, affirma-t-elle. Ce n'était pas son genre.

J'en conclus aussitôt que Philip était ennuyeux. Je me demandai pourquoi Ella l'avait épousé.

Qu'avait-elle pu trouver à ce type dépourvu de romantisme, de cinq ans son aîné, qui n'avait même pas été fichu de profiter du cerisier pour filer de sa chambre quand il était enfant?

Ella était belle. Pour mon premier Noël de guerre, j'avais reçu un almanach de cinéma qui contenait une photo pleine page de Hedy Lamarr. Ella lui ressemblait. Elle avait les mêmes traits parfaits, la même chevelure brune, le même regard perdu dans le lointain. Je la revois – maintenant, je peux *me permettre* de la revoir – mince, les jambes longues, dans une robe imprimée qui, avec son col et ses poignets, serait de nouveau à la mode aujourd'hui. Ses cheveux faisaient un rouleau au-dessus de son front et retombaient en boucles souples sur ses épaules; sa bouche était soulignée d'un rouge framboise. Elle ne se maquillait pas les yeux. Grands, sombres, ils étaient animés d'une émotion que je mettrais des années à analyser. Je pense aujourd'hui qu'il s'agissait tout à la fois de révolte, d'attente et de désir.

Souvent, le soir, elle disparaissait à l'étage, et Mrs Thorn disait d'un ton solennel qu'elle allait écrire à Philip. Nous écoutions la T.S.F. Bien sûr, personne ne savait exactement où se trouvait Philip, mais nous pensions tous qu'il participait aux combats qui faisaient rage à Tobrouk. A l'heure des nouvelles, Mrs Thorn se figeait. Une fois, à ma grande gêne, elle eut un petit hoquet, et quitta la pièce, se couvrant les yeux. Ella éteignit la radio.

– Tu devrais être au lit, me dit-elle. A ton âge, j'étais couchée à 8 heures.

Je l'enviais et je l'admirais, bien qu'elle ne fût jamais très gentille avec moi et ne m'adressât guère la parole que pour me dire de faire ceci ou cela. Voyait-elle en moi, sa nièce, sa cadette d'une dizaine d'années à peine, l'avenir et l'espoir qu'elle-même avait gâchés ?

Je passais très peu de temps avec elle. C'est Mrs Thorn qui m'emmenait faire les courses à Ipswich, qui me parlait tout en gardant un œil sur les fourneaux, qui tricotait et m'apprit à tricoter. La laine était introuvable, alors nous défaisions de vieux chandails, nous lavions la laine, nous la cardions, et nous recommencions. J'étais constamment en sa compagnie. C'était ça ou rester toute seule. Il y avait sûrement des enfants de mon âge au village, et j'aurais pu m'y trouver des amis, mais celui-ci était distant de quatre kilomètres.

Je pouvais me promener à pied, mais il m'était interdit d'emprunter l'unique bicyclette de la maison.

– Elle est trop grande pour toi, m'expliqua Mrs Thorn. D'ailleurs, c'est une bicyclette d'homme, elle a une barre.

Je répliquai que je pouvais très bien enfourcher une bicyclette, comme un homme.

– Pas question, trancha Mrs Thorn.

Je ne comprenais pas. J'essayai les mêmes arguments qu'avec ma mère.

– Je ferai attention. Il me m'arrivera rien.

– Ça n'est pas des manières de jeune fille.

Ce genre de choses avait beaucoup d'importance pour elle. Elle m'interdit de faire la roue sur la pelouse quand Daniel était là. Pourtant, je portais des shorts. Et puis, elle me fit mettre des jupes. Mais elle était gentille, et s'occupait beaucoup de moi. Si j'avais été seule avec Ella et Daniel, j'aurais certainement attendu les visites de mes parents avec plus d'impatience.

J'étais là depuis deux ou trois semaines quand les cerises commencèrent à se colorer. Voyant que je les regardais, Daniel m'expliqua que c'étaient des *Inchfield White Heart*, une variété très ancienne.

– Tous les ans, il y avait une Fête de la cerise, ici, dit-il. Le dimanche qui suivait le 12 juillet. On dansait, on mangeait... tu te serais amusée. Mais cette année, comme l'an passé, on n'en aura pas, et tant que durera cette guerre, je ne crois pas qu'on aura de Fête de la cerise.

Daniel était un paysan large et trapu, au teint rouge et aux cheveux clairs. Une grande bouche aux coins relevés lui fendait le visage. Pourtant, il ne souriait pas. Il était d'ailleurs rarement gai, et je ne l'ai jamais entendu rire. Il regardait les gens bizarrement. Ella surtout. Et quand il y avait de la visite à la ferme – celle de Dennis Clifton ou de Mrs Leithman – il s'asseyait dans son coin, desserrant à peine les dents.

Un soir, en revenant d'une promenade, je vis Ella et Dennis Clifton s'embrasser dans le bois.

Dennis Clifton n'était pas fermier. Il avait piloté un chasseur de la R.A.F. pendant la bataille d'Angleterre, mais blessé à la tête il avait été hospitalisé, puis renvoyé chez lui en convalescence. Il était très jeune : je ne lui donnais pas plus de vingt-deux ou vingt-trois ans. Durant son hospitalisation sa mère, une amie de Mrs Thorn, était morte, lui laissant une jolie petite maison à Inchfield. Il venait souvent à la ferme, officiellement pour voir l'amie de sa mère.

Après chaque visite, Daniel disait toujours : « Il ne va pas tarder à aller reprendre la bagarre » ou,

« Il y retournera bientôt, à son *Spitfire*, ça lui manque. »

Alors j'observais Dennis, moi aussi, cherchant sur son visage les signes de son impatience à regagner son unité. Ses mains tremblaient parfois : on aurait dit celles d'un vieillard. Comme Daniel, il était blond aux yeux bleus, mais là s'arrêtait la ressemblance. Grand, mince, le regard triste, il ressemblait à Leslie Howard dans *Autant en emporte le vent* – les stars de cinéma étaient pour moi *la* référence. Daniel le fixait; Ella, assise, restait silencieuse et moi, je lisais un livre, tandis que très gentiment il réconfortait Mrs Thorn, lui confiant sa certitude que tout irait bien pour son fils, qu'il s'en tirerait. Et tandis qu'il parlait, ses yeux tristes se voilaient encore davantage.

Non, ce dernier détail, je n'en ai pas le souvenir. Je l'ai imaginé à la suite de ce que j'avais appris. Dennis se montrait simplement gentil et attentionné, comme le jeune homme bien élevé qu'il était.

J'étais allée à la rivière. Il y avait un endroit, à un bon kilomètre en amont, qu'on appelait le déversoir et où, sur plusieurs mètres, les rives étaient maçonnées, juste après une petite dénivellation du cours d'eau. Un trou d'un mètre cinquante de fond s'était formé là; quand il faisait chaud, j'allais m'y baigner. Si elle l'avait appris, Mrs Thorn m'en aurait empêchée. Mais elle n'était pas au courant : elle ne savait même pas que j'avais un maillot de bain.

Pour rentrer, le chemin le plus court traversait le bois. Une détonation claqua, puis une autre, qui venaient des prés : Daniel tirait des pigeons. Le bois était sombre et frais, plein de doux gazouillis, de bruissements de plumes contre les feuilles sèches. Ce n'était plus la saison des jacinthes depuis longtemps, mais les mercuriales étaient en fleurs et l'air embaumait le chèvrefeuille. Il y eut une autre détonation, plus éloignée, mais suffisamment forte pour troubler la quiétude du bois; des pigeons s'envolèrent. A travers la dentelle du feuillage et les troncs des arbres, je voyais le soleil décliner dans le ciel orangé.

Ella était adossée au tronc d'un châtaignier, les yeux levés vers Dennis Clifton. Si, ne serait-ce qu'une seule fois, Ella s'était montrée gentille avec moi, si Dennis avait un jour fait plus que de me saluer, je les aurais peut-être appelés. Je ne le fis pas, et compris très vite qu'ils ne tenaient surtout pas à être vus.

Sans bouger, je les observai. Il n'y avait rien de pervers à cela, pas de curiosité et encore moins de désir de les surprendre. J'étais émerveillée, emportée par le romantisme de la situation. Je les regardai s'embrasser. On ne voyait plus leurs visages, seulement ses cheveux blonds à lui et ses cheveux bruns à elle. Et l'étreinte de leurs bras. Je retins mon souffle, frissonnant dans la pénombre embaumée de chèvrefeuille.

Ils s'éloignèrent lentement en direction de la route, se tenant par la taille. A la ferme, dans la pièce qu'on appelait encore le parloir, Mrs Thorn et Daniel écoutaient la T.S.F. et buvaient du thé. Guère plus de cinq minutes s'étaient écoulées, lorsqu'Ella entra. Moi, je savais, j'avais vu. Et pourtant, même sans cela, n'aurais-je pas néanmoins remarqué ses yeux brillants, le rose qui colorait ses joues pâles, la feuille de saule dans ses cheveux, la brindille accrochée à sa jupe?

Daniel la regarda. Il avait du sang séché sous les ongles, bien qu'il se soit brossé les mains. Une légère nausée me souleva le cœur. Ella se passa les doigts dans les cheveux, en retira la feuille morte, et monta à l'étage.

– Elle va écrire à Philip, dit Mrs Thorn.

Pourquoi n'avais-je pas été choquée ? Horrifiée ? Je n'avais que quatorze ans, et je venais d'un milieu très conformiste. L'adultère, c'était quelque chose que les gens commettaient dans la Bible. Bien sûr, je n'avais surpris qu'un baiser, et l'adultère n'avait rien à voir avec un baiser. Pourtant, je savais. Bien que sans expérience aucune et armée de notions des plus vagues, je sentais que cet amour-là était pleinement consommé. Je savais qu'Ella était mariée à un soldat qui se battait pour son pays; je savais que mes parents auraient jugé son attitude méprisable, sinon perverse. Mais je m'en moquais. À mes yeux, ces deux-là étaient Guenièvre et Lancelot; ces deux beaux jeunes gens vivaient une merveilleuse aventure qui, je l'espérais bien, m'arriverait à moi aussi, un jour.

Je ne leur servis pas de messager. Pour eux, j'existais à peine. Ils ne m'adressaient pas un mot, pas un sourire; encore moins me chargèrent-ils de porter leurs billets doux. De toute façon, ils avaient le téléphone, et leurs voitures. Mais bien que je n'eus aucun rôle dans leur relation, et que je sois même incapable de savoir quand ils s'y consacraient, elle emplissait mes pensées. En apparence, je suivais la routine que m'imposait Mrs Thorn, mais j'avais la tête ailleurs : je leur attribuais des lieux de rendez-vous, j'imaginais des conversations enflammées – des serments d'amour éternel – et recréais à l'infini des variantes cinématographiques de ce fameux baiser dans le bois.

Mon plus grand bonheur, c'était de voir Dennis arriver à la ferme. Je les observais, Ella et lui, avec autant d'attention que Daniel. Souvent, il me semblait surprendre entre eux un regard ardent et une fois, j'ai assisté – pour de bon – à quelque chose de plus. Ella venait de la cuisine, avec le plateau à thé, et Dennis s'était levé pour aller chercher quelque chose dans sa voiture. Je me trouvais dans l'ombre, entre la grande horloge et le pied de l'escalier, invisible, et je l'entendis murmurer :

– Ce soir ? Au même endroit ?

Ella acquiesça de la tête, les yeux fixes. Il lui effleura l'épaule d'une main légère et ce fut tout.

Je dormis mal, ces nuits-là. Il faisait très chaud. Mrs Thorn m'expédiait au lit à 9 heures, et il n'y avait pas moyen de m'esquiver ensuite sans être vue. J'enviais Ella et son arbre, devant sa fenêtre, qu'il devait être si facile d'escalader ou de descendre. Je m'imaginais aller à la rivière au clair de lune, couper par le bois et peut-être surprendre mes amoureux à l'un de leurs rendez-vous. Mes amoureux dont les messages chuchotés et les regards embrasés m'exaltaient...

Les cerises étaient jaunes à présent, touchées de rouge. Nous étions dans la première semaine de juillet. La guerre fit une soudaine incursion à Inchfield, lorsqu'un avion allemand égaré largua un chapelet de bombes dans un champ des Thorn. Il n'y eut pas de mal, à l'exception d'une vache qui fut tuée. Nous allâmes voir sur place le cratère et l'arbre déraciné. Daniel leva le poing vers le ciel. Les explosions avaient fait un tel vacarme qu'après cela, nous restâmes sensibles au moindre bruit. Même le fusil de Daniel faisait sursauter Mrs Thorn.

La chaleur était devenue étouffante, et des nuages obstruaient le ciel. Mais la pluie ne tombait pas. Mrs Leithman, qui venait prendre le thé une fois par semaine, nous confia qu'elle prenait chaque roulement de tonnerre pour une bombe. Nous voyions à peine Ella; elle était toujours dans sa chambre, ou sortie – avec Dennis, bien entendu. J'inventais toutes sortes d'histoires à leur propos. J'imaginais que Philip Thorn était tué au combat, les laissant enfin libres. Innocente que j'étais, à une époque innocente, ou tout au moins plus puritaine, il ne me vint même pas à l'idée qu'un couple sans enfant pouvait tout simplement divorcer. Je ne les voyais même pas se marier, mais simplement poursuivre éternellement leur périlleuse idylle. Je retrouvai même pour eux les vers de Juliette – Juliette avait mon âge – et me murmurai à moi-même : « Les murs de ce verger sont hauts, durs à franchir, Et ce lieu, ce serait ta mort, étant qui tu es... »

Une nuit, très tard, alors que je ne pouvais dormir, je vis de ma fenêtre la silhouette de Dennis Clifton émerger de l'ombre épaisse de la maison et filer par la grille du jardin.

Mais la fin de l'histoire approchait, et avec elle mon humiliation. J'avais fini par me sentir installée là-bas, j'étais heureuse. A la vérité, je m'identifiais à Ella, et dans mes rêveries élaborées, c'était moi – moi, sa Juliette – que Dennis embrassait, caressait et aimait. J'étais bien plus impliquée qu'une simple observatrice.

Lorsqu'il claqua, le coup de feu parut très proche. Il me réveilla, alors qu'il n'en aurait sans doute pas été de même avant les bombardements. Je me demandai quel gibier Daniel pouvait bien chasser à cette heure, car l'obscurité était profonde, veloutée et immobile. La détonation qui avait déchiré la nuit et le silence ne se répéta pas. Je me rendormis jusqu'à l'aube.

Comme presque tous les jours, je me levai de bonne heure et descendis. La maison, tranquille, baignait dans le soleil matinal. Je sortis. Mrs Thorn s'affairait dans la cuisine, préparant du lard frit et des œufs pour Daniel. Je ne savais pas si j'en avais le droit, ou si toutes les cerises étaient destinées à quelque emploi mystérieux, mais en me dirigeant vers la grille du jardin, je cueillis au passage une cerise mûre à une branche basse. C'était la cerise la plus croquante et la plus sucrée que j'aie jamais mangée, bien que pour tout dire, je n'en aie guère goûté d'autres depuis. Je plantai le noyau dans la terre, contre la grille. Peut-être a-t-il germé. Peut-être qu'un vieil arbre ayant donné chaque été des kilos de fruits s'élève aujourd'hui à l'entrée de *Cherry Tree Farm*.

Il se trouve que de la belle récolte qui se préparait, ce devait être l'unique cerise que je mangerais là-bas. De retour une demi-heure plus tard, je poussai la grille et levai un instant les yeux sur la ferme : sur les murs et le toit ensoleillés, les arbres projetaient leurs ombres découpées. Je regardai le cerisier chargé de fruits rouges et dorés, qui frottait ses branches contre la fenêtre d'Ella. Dans son feuillage, à mi-hauteur, à un mètre ou deux des vitres, pendait le corps d'un homme.

Sous le chaud soleil, je me sentis glacée. Je me souviens encore aujourd'hui de cette sensation de froid qui m'étreignait le cœur tandis que le soleil brillait, qu'une grive chantait et que les hirondelles sautillaient sous le toit. Je gardai les yeux rivés par le choc et la peur à l'homme blond qui pendait, la tête renversée, mort, sous la fenêtre de la chambre d'Ella.

Je décidai de garder mon calme, comme une adulte. Mes dents claquaient. J'entrai d'un pas rapide dans la cuisine. Ils étaient tous là, attablés : Daniel, deux valets de ferme, Ella et, au bout, Mrs Thorn, versant le thé.

Je voulais aller calmement à elle et lui parler à l'oreille. Mais j'en fus incapable. Pour arriver jusque-là sans courir, sans crier, j'avais mis toute la maîtrise qui me restait. Les mots franchirent mes lèvres, stridents, hachés, et je levai mes poings serrés.

– On a tiré sur Mr Clifton ! On lui a tiré dessus, il est mort ! Son corps est dans le cerisier, devant la chambre d'Ella !

Il y eut un silence. Mais d'abord, on entendit tomber des couteaux, des tasses et des fourchettes heurter les soucoupes, des chaises racler le sol. Puis ce fut ce saisissant silence tolal. Jamais, depuis, je n'ai vu quelqu'un devenir aussi livide qu'Ella. Elle était blanche comme un linge, et ses yeux ne formaient plus que deux trous noirs. Daniel, lui, avait viré au rouge brique. Il jura. Il employa des mots qui me firent reculer, me recroqueviller en tremblant, et je regardai l'un après l'autre ces visages horribles et horrifiés.

Mrs Thorn fut la première à parler, d'une voix froide de colère.

– Comment oses-tu dire une chose aussi dégoûtante ! A ton âge ! Tu dois être vicieuse pour penser des choses pareilles !

Daniel s'était levé d'un bond. Il m'empoigna par le bras, mais son étreinte manquait de fermeté, sa main tremblait comme celle de Dennis. Il me traîna dehors, et sa mère nous emboîta le pas. Nous étions encore à cinq ou six mètres de l'arbre lorsque je compris. Le sang me monta au visage, et palpita sous ma peau. Je regardai la tête de chiffon, les cheveux de laine jaune – celle que nous avions récupérée en défaisant de vieux chandails – le corps bourré de crin, les vieilles bottes...

Glaciale d'indignation, Mrs Thorn demanda :

– Tu n'as donc jamais vu d'épouvantail de ta vie ?

Je rétorquai, désespérée, cherchant encore à les convaincre malgré l'évidence :

– Mais on les met dans les champs, les épouvantails !

– Pas dans cette région, dit Daniel d'une voix faible et rauque.

Il n'aurait pas eu l'air plus bouleversé et secoué si Dennis Clifton s'était réellement trouvé dans l'arbre.

– Ici, nous mettons les épouvantails dans les cerisiers. Je l'ai installé hier soir. Avec *les autres*, ajouta-t-il en montrant du doigt ceux devant lesquels j'étais passée, sans les voir, l'homme juché dans l'arbre au pied du mur, et celui dans le cerisier au milieu de la pelouse.

Je rentrai dans la maison, regagnai ma chambre, et me jetai sur mon lit, écrasée de honte. Le lendemain tombait un samedi, et mes parents devaient venir. On allait tout leur dire, et ils n'auraient plus qu'à m'emmener. Vers midi, Mrs Thorn vint me dire de descendre déjeuner. Elle s'était transformée, était devenue dure et froide. Je ne connaissais pas encore l'expression « offrir l'image de la vertu outragée », mais ce fut exactement son attitude. De ce moment, elle me traita comme une sorte de malade mentale.

Nous déjeunâmes toutes les deux toutes seules mais je touchai à peine mon assiette. A l'instant où nous terminions, Daniel entra. Il vint s'asseoir, et dit qu'après en avoir discuté tous ensemble, ils avaient décidé qu'il valait mieux que je reparte avec mes parents le lendemain.

– Bien sûr, je leur répéterai exactement tes paroles, et tes sous-entendus, lança Mrs Thorn. Je leur dirai comment tu as insulté ta tante.

Daniel, moins rouge que le matin, et qui ne tremblait plus, médita un instant cette déclaration. Puis, de façon inattendue – en tout cas pour moi –, il décréta :

– Non, mère. Nous ne dirons rien. C'est inutile. Le moins cela s'ébruitera, le mieux cela vaudra. Tu dois penser à la réputation d'Ella.

– Je ne veux plus de cette enfant chez moi, répliqua-t-elle.

– Là-dessus, je suis d'accord. Elle n'a qu'à raconter qu'elle s'ennuie, ou bien, moi, je dirai que c'est trop de travail pour toi de l'avoir à la maison.

Ella ne se montra pas de la journée.

– Elle a sa lettre à écrire à Philip, dit Mrs Thorn.

Le lendemain matin, Ella était à table avec les autres. Daniel prit la parole. Il était allé au village, et avait appris que Dennis Clifton avait rejoint son escadron.

– Il ne va pas tarder à aller reprendre la bagarre, ajouta-t-il.

Ella, tête baissée, émiettait nerveusement sa tranche de pain. Elle était très pâle et ne s'était pas maquillée. Je ne crois par l'avoir jamais entendue prononcer un autre mot.

Je rangeai mes affaires. Mes parents ne firent aucune difficulté pour me ramener. Sevrée d'amour, et écœurée par celui des autres, je m'accrochai à mon père. Les épouvantails nous adressèrent des sourires narquois lorsque nous montâmes derrière Daniel dans la camionnette. Je les revois aujourd'hui – je peux maintenant me le permettre – protégeant les fruits de leurs bras écartés, si convaincants que même les hirondelles les évitaient.

Au printemps suivant, Ella mourut en accouchant d'un second mort-né. Ma mère pleura, car Ella était sa petite sœur, mais s'efforça de dissimuler son chagrin. Mon père et elle firent de leur mieux pour me cacher – pour cacher à tout le monde – que la dernière permission de Philip Thorn remontait bien à quinze mois. Ce qu'il advint de Daniel et de sa mère, je ne le sus jamais, et je ne voulais pas le savoir. Cependant, je ne pus éviter d'apprendre que Philip s'était remarié, et que sa nouvelle femme était une nièce de Mrs Leithman.

Seul l'œil attentif d'un lecteur méticuleux aurait remarqué l'entrefilet. J'ai l'habitude de lire le journal de la première à la dernière ligne – à l'exception des nouvelles sportives – et j'ai repéré celui-ci entre un détournement de fonds et le suicide d'un financier. Je l'ai lu. Les années se sont effacées; les faits me donnaient raison. J'ai su que je devais faire quelque chose, mais quoi? Je me suis posé la question toute la journée, mais maintenant, je sais que je dois raconter mon histoire au *coroner*. L'histoire de ma méprise, de la colère de Daniel.

Un ouvrier agricole a déterré dans un champ près d'Inchfield, dans le Suffolk, un obus intact. On pense qu'il s'agit d'un des obus largués là en

1941 par un bombardier allemand égaré. Les fouilles effectuées ont permis de découvrir le squelette d'un jeune homme mort à peu près à la même époque. Fait curieux, la boîte crânienne était truffée de plombs de chasse.

« Les murs du verger sont hauts, durs à franchir,
Et ce lieu, ce serait ta mort, étant qui tu es,
Si quelqu'un de mes proches te découvrait... »

The Orchard Walls
Traduction : Francine Thierry

LA MAISON DE HARE

L'agent immobilier lui apprit qu'un assassin avait vécu dans la maison. En fait, le meurtre avait même été commis sur place. Norman trouva très honnête et franc qu'on le mette ainsi au courant.

– Si je ne vous en avais pas parlé, les voisins s'en seraient chargés, poursuivit l'agent immobilier.

Norman comprenait enfin pourquoi la maison était si bon marché. Baptisée « résidence de ville » – Norman ne voyait pas pourquoi, car il en avait souvent vu d'identiques à la campagne – elle s'élevait sur deux étages desservis par un escalier central. Construite une quinzaine d'années auparavant, elle était restée vide pendant douze ans.

– Malheureusement, je ne peux vous donner aucun détail sur le meurtre.

– J'aime autant ne pas en avoir, rétorqua Norman.

Il passa la tête par la porte de la salle de bains du bas. Il ne lui serait jamais venu à l'idée qu'il pourrait un jour posséder une maison avec plus d'une salle de bains. D'ailleurs, envisageait-il vraiment d'acheter celle-ci ? Mais elle était tellement bon marché !

– Comment s'appelait-il ?

– L'assassin ? Hare, Raymond Hare.

A son grand soulagement, ce nom ne lui disait rien.

– Que lui est-il arrivé ?

– Il est mort en prison. La maison appartient à un neveu.

– Elle me plaît, dit Norman avec prudence. Mais il faut que je voie ce qu'en dit ma femme.

Son travail les obligeait à déménager dans un quartier beaucoup plus chic que celui où ils vivaient. Acheter un pavillon – dans Inverness Street, par exemple – leur avait semblé la meilleure solution. Jusqu'à ce qu'il tombe sur cette occasion extraordinaire. S'il n'avait pas été certain que Rita finirait par tout découvrir, il ne lui aurait jamais parlé du meurtre.

– Pourquoi le prix est-il si bas ? demanda-t-elle.

Il le lui expliqua.

Rita était une brune courtaude aux yeux marron et au visage pointu. Elle avait une façon très particulière de tendre le cou. Un jour, Norman s'était dit qu'elle ressemblait à une taupe – bien qu'il puisse exister des taupes très séduisantes.

Rita tendit le cou.

– C'est tout ? Tu ne me caches pas un détail horrible ?

– Je t'ai dit ce que je savais. Je ne connais pas les détails.

Norman était plutôt patient, facile à vivre, mais il lui arrivait de bouder. Il avait l'air d'un gamin avec ses cheveux bouclés et son visage ouvert.

– Nous pourrions aller la visiter demain, non ?

Rita aurait préféré un pavillon dans Inverness Street, avec un grand jardin et moins de marches à monter. Mais Norman avait jeté son dévolu sur cette demeure et il était capable de faire la tête pendant des mois si elle ne cédait pas. D'ailleurs, rien ne laissait deviner que Hare avait vécu là. Assez sottement – elle s'en rendait compte à présent – Rita s'était attendue à trouver des taches de sang ou même un cabinet fermé à clé.

– Je n'ai aucun souvenir de ce Hare. Et toi?

– C'est aussi bien. Tu as dit toi-même qu'il valait mieux ne pas savoir. Je vais faire une offre au neveu, d'accord?

L'offre fut acceptée et Norman et Rita emménagèrent à la fin septembre. Leurs voisins de droite étaient installés là depuis huit ans, ceux de gauche depuis six ans seulement. Ni les uns ni les autres n'avaient jamais connu Raymond Hare. En face, les Lawrence, qui vivaient depuis plus de vingt ans dans une grande maison entourée d'un jardin, avaient dû le connaître, de vue au moins, mais Norman et Rita n'échangeaient avec eux que de brefs bonjours.

Ils firent venir des peintres et changèrent la moquette. La maison n'avait que deux inconvénients : d'abord les escaliers, qu'il fallait sans cesse monter et descendre, ensuite la fenêtre de la salle de bains – ou plus précisément le loquet de la fenêtre.

Parfois, surtout quand Norman était au travail et qu'elle restait seule, Rita se demandait où exactement le meurtre avait eu lieu. Elle s'immobilisait, un chiffon à la main, et regardait autour d'elle, se disant que c'était peut-être dans cette pièce-ci, ou dans celle-là, ou bien dans leur chambre. Alors elle tendait le cou, aux aguets. Sa mère affirmait souvent qu'elle ressentait de « drôles d'impressions » dans certaines maisons et qu'elle était médium. Rita aurait aimé avoir hérité de ce don, mais elle devait admettre que, là, elle ne sentait absolument rien.

Norman et elle ne parlaient jamais de Raymond Hare. Ils évitaient même toute conversation sur les meurtres en général. Rita, qui avait été grande consommatrice de romans policiers, cessa d'en lire. Cela lui semblait préférable. Sa voisine Dorothy, celle qui habitait le quartier depuis huit ans, aiguilla un jour leur bavardage sur Hare, mais Rita l'arrêta net.

– Je comprends, dit Dorothy. C'est plus sage, en effet.

Il faisait bon dans la maison. Le chauffage central fonctionnait parfaitement, et toutes les fenêtres étaient équipées de doubles vitrages. A l'exception de celle de la salle de bains du haut. La plafond de la pièce était très haut, et la fenêtre se trouvait à trois mètres du sol. La salle de bains était située au centre de la maison. L'architecte en avait donc surélevé le plafond de façon à ce qu'il dépasse le toit et à pouvoir ouvrir ainsi une fenêtre sur l'extérieur. Il était peu commode de ne pouvoir l'atteindre qu'à l'aide de la perche munie d'un crochet appuyée contre le mur. Enfin, l'automne ayant été humide et l'hiver très froid, il ne fut pas nécessaire de l'ouvrir pendant longtemps.

Norman décida de recarreler la salle de bains du bas lui-même. Il se rendit donc à la bibliothèque municipale pour chercher un livre de bricolage. La bibliothèque se trouvait tout près, sur le chemin du métro. Ne trouvant pas immédiatement le rayon *Vie pratique*, il parcourut des yeux ceux d'*Horticulture, Botanique, Biologie, Sciences sociales, Criminologie...*

Norman n'avait plus aucun rapport avec le crime, ces derniers temps. Rita et lui avaient même cessé de suivre les séries policières télévisées. Dans un premier mouvement, il détourna vivement le regard, mais non sans avoir entr'aperçu le nom de « Hare » sur une reliure.

Il examina le rayon opposé, qui, par chance, se révéla être le *Bricolage*. Il repéra le volume qui l'intéressait, puis, l'ayant sorti, réfléchit un instant. Devait-il regarder de nouveau ? Ce Hare-là n'était peut- être que l'auteur de l'ouvrage, et pas le sien. Mais il n'arrivait pas à s'en persuader. Son estomac commençait à se nouer, et il se sentait fébrile. Il fit volte-face, et saisit le livre. Celui-ci s'intitulait : *Les grandes affaires criminelles des années 60*, par un certain H. L. Robinson, et la liste des cas étudiés figurait sur la couverture : Renzini et Boyce, L'Affaire du four à houblon, Hare, Les Concerts sanglants.

Norman l'ouvrit au hasard. Il s'aperçut qu'il était tombé au beau milieu de l'affaire Hare. Deux pages plus loin, il y avait deux photographies : celle d'un homme au visage inexpressif et aux yeux mi-clos et, au-dessous, celle d'une femme blonde et souriante. La légende indiquait que, en haut, il s'agissait de Raymond Henry Montagu Hare et, en bas, de Diana Margaret Hare, née Kentwell. Norman ferma le livre et le replaça sur l'étagère. Son cœur battait fort. Quand son manuel de bricolage fut tamponné, il dut se retenir pour ne pas sortir en courant de la bibliothèque. C'est ridicule ! se dit-il. Je dois me reprendre. Soit j'oublie complètement et définitivement Hare, soit je vais lire d'un bout à l'autre le récit de l'affaire, et j'apprends à vivre avec les faits.

Mais il ne fit ni l'un ni l'autre. Il ne retourna pas à la bibliothèque. Quand il eut trouvé tout ce qu'il voulait savoir sur le carrelage, il envoya Rita rendre le livre. Il s'efforça bien de ne plus penser à Hare, mais c'était trop difficile. Il aurait surtout aimé savoir où le crime avait été commis. Puis il commença à se demander qui avait été la victime et comment Hare s'y était pris. Les réponses se trouvaient toutes sur une étagère, dans un livre, à quelques centaines de mètres de la maison. Norman passait devant la bibliothèque tous les matins en allant prendre le métro et tous les soirs en rentrant. Il se mit à emprunter le trottoir opposé. Parfois lui revenait la question de Rita, qui avait voulu savoir s'il ne lui cachait pas un détail horrible.

Le printemps arriva tôt, et il y eut de belles journées en mars. Rita essaya d'ouvrir la fenêtre de la salle de bains à l'aide de la perche, mais le loquet était bloqué. Quand Norman rentra, elle l'envoya emprunter une échelle à Roy, le mari de Dorothy, pour voir ce qui clochait.

Norman eut l'impression que son voisin lui lançait un drôle de regard lorsqu'il lui expliqua pourquoi il avait besoin de l'échelle. Roy hésita avant de lui répondre.

– Si ça vous ennuie, je me débrouillerai avec un escabeau... dit Norman.

– Non, non, prenez-la, je vous en prie.

Roy montra à Norman sa propre salle de bains. Les deux pièces étaient identiques, mais dans celle-ci, la fenêtre avait été remplacée par un verre opaque percé d'un aérateur.

– Pas mal, fit Norman, mais j'aime autant une fenêtre que je puisse ouvrir.

Cette remarque lui valut un second regard bizarre. Norman appuya l'échelle contre le mur, grimpa jusqu'à la fenêtre et vit ce qui n'allait pas. Les deux parties du loquet, la tige et son mentonnet, avaient été liés ensemble par du fil de fer. Norman supposa que c'était les peintres qui avaient eu cette idée, bien qu'il n'en vît pas l'utilité. Il dénoua le fil de fer et fit glisser la tige vers le bas. La fenêtre bascula aussitôt et s'ouvrit d'elle-même à un angle de 75 degrés, son maximum.

Le 1er avril, la température extérieure tomba, et il se mit à neiger. Rita ferma la fenêtre de la salle de bains à l'aide de la perche. Ayant passé le crochet dans l'œillet de la tige, elle releva la vitre, poussa la tige dans son mentonnet et la rabattit sur le côté, pour la bloquer. En sortant de la salle de bains, elle demeura immobile sur le palier, à se demander où Hare avait bien pu commettre son crime. Un instant, elle crut éprouver une drôle de sensation, mais cela passa. Rita descendit à la cuisine se faire une tasse de thé. Elle jeta un regard au minuscule carré de pelouse : les flocons de neige fondaient dès qu'ils touchaient l'herbe. Les pavillons d'Inverness Street avaient de grands jardins où elle aurait pu planter des tulipes, des jonquilles, des narcisses. Rita poussa un soupir. Elle remuait sa cuillère dans son thé, lorsqu'un grand fracas retentit dans les étages. Elle faillit sauter au plafond.

Elle grimpa les étages quatre à quatre, se demandant ce qui avait bien pu se casser. Elle ne trouva rien. Rien n'avait bougé. Elle avait entendu parler de maisons hantées où de grands bruits étaient provoqués par des *poltergeists*. Sa mère, elle, était capable de déceler la présence d'un *poltergeist*. Rita prit peur, et la sueur perla sur son visage pointu. C'est alors qu'elle remarqua que la porte de la salle de bains était fermée. Etait-ce le claquement de cette porte qu'elle avait entendu?

Sûrement pas. Elle entra, et vit que la fenêtre

béait. Ce n'était donc que cela. Elle saisit la perche, fit remonter la tige dans son logement, et la rabattit sur le côté.

Les bourrasques s'apaisèrent. Le lendemain, le temps s'était réchauffé. Norman ouvrit la fenêtre de la salle de bains, qui demeura ouverte jusqu'à ce qu'il se mette à pleuvoir. Rita monta la fermer.

– Finalement, cette fenêtre n'est pas vraiment un problème, une fois qu'on a la technique, dit Norman.

Il s'efforçait à la gaieté, comme si de rien n'était. En rentrant du travail, dans le métro, il avait rencontré le voisin d'en face, celui qui s'appelait Lawrence. Ils s'étaient trouvés assis l'un à côté de l'autre et avaient bavardé.

– Ça fait plaisir de voir enfin quelqu'un installé là. Une maison vide, c'est toujours sinistre.

Norman se contenta de sourire. Il se sentait vaguement mal à l'aise.

– Ma femme connaissait très bien Mrs Hare, vous savez.

– Ah oui ? fit Norman.

– Une femme charmante. Non vraiment, d'après ce qu'on sait, il n'avait aucune raison de faire ce qu'il a fait. Enfin, vous avez dû éplucher l'affaire et finir par vous en accommoder. Il le fallait bien, hein ?

– Euh... bien sûr, répondit Norman.

La présence de son voisin l'empêcha de changer de trottoir pour éviter la bibliothèque, et en passant devant, une envie folle d'aller chercher le livre le saisit. Sans le vouloir, il avait maintenant appris une chose : c'est sa femme que Hare avait tuée.

Un peu après minuit, il fut réveillé par un grand fracas, et se dressa dans le lit.

– Qu'est-ce que c'était ?

– Sûrement la fenêtre de la salle de bains, répondit Rita, à moitié endormie.

Norman se leva. Il saisit la perche, l'engagea dans l'œillet, fit remonter la tige et la rabattit fermement sur le côté. Le reste de la nuit s'écoula sans incident. Rita ouvrit la fenêtre deux ou trois jours plus tard car il faisait beau. Elle changea les draps et se demanda soudain à tout bout de champ si c'était sa femme qu'il avait tuée. Oui, ce devait être sa femme. Elle se dit alors que ce serait horrible s'il l'avait tuée ici même, dans le lit. A coup sûr, le lit des Hare s'était trouvé au même endroit que le leur, à cause des prises électriques. Peut-être était-il rentré un soir à la maison et l'avait-il tuée dans leur lit.

Le vent se remit à souffler et l'atmosphère fraîchit. Rita ferma la fenêtre de la salle de bains. Une heure après le retour de Norman, la fenêtre se rouvrit avec fracas.

– Elle se rouvre, expliqua Norman en reposant la perche, parce que tu ne rabats pas la tige convenablement.

– Elle se rouvre à cause du vent, répliqua Rita.

– Le vent n'aurait rien à voir là-dedans si tu la fermais comme il faut.

Norman avait l'air en colère et il bouda le reste de la soirée.

Lorsque la fenêtre fut de nouveau laissée ouverte, des pétales de fleurs de cerisier s'éparpillèrent sur la moquette bleu marine. Rita alla la fermer juste avant que Norman ne rentre du travail. Dorothy prenait le thé avec elle, en bas.

– A votre place, j'attacherais cette fenêtre avec du fil de fer, remarqua-t-elle avant d'ajouter, bizarrement : on n'est jamais trop prudent.

– Mais quand il fait chaud, on étouffe là-haut.

– Alors laissez-la ouverte et fermez la porte.

Le fracas de la fenêtre qui s'ouvrait réveilla Norman à 2 heures du matin. Il était furieux. Il s'arrangea pour faire beaucoup de bruit en allant la refermer et réveilla Rita.

– Je t'ai déjà dit qu'elle ne s'ouvrirait pas si tu rabattais la tige correctement. Ce boucan me fiche à chaque fois une peur bleue. Mes nerfs n'y résistent pas.

– Qu'est-ce qu'ils ont, tes nerfs?

Norman poursuivit sur sa lancée :

– C'est incroyable que tu ne comprennes pas une manœuvre aussi simple.

– Ce n'est pas moi, c'est le vent.

– Ne raconte pas de bêtises. Il n'y a pas de vent.

Rita alla s'entraîner à refermer la fenêtre. Elle passa une heure à manipuler la perche, rabattant bien fort la tige pour la bloquer. Pendant qu'elle s'affairait, elle eut une drôle de sensation, comme si quelqu'un s'était tenu derrière elle, à l'épier. Bien sûr, il n'y avait personne. Rita avait l'intention de laisser la fenêtre ouverte, car le temps était sec et beau. Elle bloquait la tige pour la dizième fois peut-être, quand le téléphone sonna. La fenêtre resta donc fermée, et Rita n'y pensa plus.

Tandis qu'elle arrachait les mauvaises herbes de l'étroite bande de gazon devant la maison, une voisine des Lawrence traversa la rue, faisant tinter des pièces dans une boîte de métal. Elle effectuait une collecte pour la recherche contre le cancer.

– J'aime beaucoup les rideaux que vous avez mis dans votre chambre.

– Merci beaucoup, dit Rita.

– Mrs Hare avait choisi du filet blanc. Il y a de

ça des années, bien sûr. Ça ne vous gêne pas de dormir là ? Peut-être utilisez-vous une des pièces qui donnent de l'autre côté ?

Rita sentit ses jambes mollir. Elle demeura incapable de répondre.

– Remarquez, ça ne s'est pas vraiment passé dans la chambre. Plutôt juste sur le palier, non ?

Rita glissa dans la boîte un billet d'une livre pour se débarrasser de la voisine. Puis elle grimpa les escaliers et s'immobilisa sur le palier, soudain envahie d'une sensation décidément étrange. Devait-elle en parler à Norman ? Mais comment ? Ils n'avaient jamais abordé le sujet depuis leur emménagement. D'ailleurs, Norman ne pensait jamais au meurtre, elle en était sûre. Elle l'observa durant le dîner : il avait l'air parfaitement serein. La fenêtre s'ouvrit au moment où il attaquait son pudding. Il sursauta en poussant un cri de colère.

– Tu vas venir avec moi dans la salle de bains, et je vais te montrer comment fermer cette fenêtre !

Il la surveilla, tandis qu'avec la perche elle poussait la tige avant de la rabattre fermement.

– Voilà ! j'en étais sûr ! Tu ne l'as pas rabattue du bon côté. J'ai dit à droite ! Tu sais où est ta droite ?

Norman ouvrit la fenêtre et la fit fermer à Rita. Cette fois-ci, elle rabattit la tige à droite. Avant même qu'ils aient atteint le bas de l'escalier, la fenêtre basculait avec fracas.

– Tu vois bien que ce n'est pas moi, c'est le vent ! s'écria Rita.

La voix de Norman tremblait de rage :

– Le vent ne l'ouvrirait pas si tu la fermais correctement. Il ne l'ouvre pas quand c'est moi qui la ferme.

– Alors vas-y ! Va la fermer, toi !

Norman alla fermer la fenêtre. A 3 heures du matin, le bruit le réveilla en sursaut. Il se leva en jurant et fila à la salle de bains. Bondissant du lit, Rita lui emboîta le pas. Norman ressortit sur le palier, la perche à la main, le visage congestionné. Il hurla :

– Tu t'es levée après que je me sois endormi et tu es allée fermer cette fenêtre à *ta* façon, hein ?

– *Quoi ?*

– Ne dis pas le contraire ! Tu essaies de me rendre fou avec cette fenêtre. Eh bien, c'est fini !

Il brandit la perche et l'abattit avec fracas sur la tête de Rita. Elle poussa un horrible cri rauque, levant les bras pour tenter de se protéger des coups. Norman la frappa cinq fois. Elle gisait inconsciente sur le palier, lorsqu'il réalisa enfin ce qu'il faisait. Il jeta la perche dans la cage d'escalier, prit Rita dans ses bras, et appela une ambulance.

Rita survécut. Elle avait une fracture du crâne, la mâchoire et une clavicule cassées, mais sa vie n'était pas en danger. Lorsqu'elle reprit conscience et put de nouveau remuer la mâchoire, elle expliqua au personnel de l'hôpital que, réveillée en pleine nuit, elle s'était levée dans le noir et avait basculé par-dessus la balustrade, faisant une chute jusqu'au rez-de-chaussée. Le plus curieux, c'est qu'elle semblait croire elle-même à cette histoire.

Seul et bourrelé de remords, Norman ne cessait de penser qu'un second meurtre avait bien failli se commettre dans la maison de Hare. Il se rendit à l'agence et demanda qu'on la remette en vente. La maison de Hare... C'était toujours comme cela qu'il l'appelait maintenant. L'agent immobilier hocha la tête d'un air sombre, mais son visage s'illumina quand Norman annonça le prix pour lequel il était prêt à la brader.

Maintenant qu'il allait être débarrassé de la maison, les sentiments de Norman à l'égard de Hare se modifièrent. Cela ne l'aurait plus contrarié d'apprendre, même dans les détails, ce que celui-ci avait fait. Un samedi après-midi, un acheteur potentiel se présenta. Il parut très emballé par le recarrelage de la salle de bains du bas et les divers travaux que Norman avait effectués. Apparemment, il se fichait de Hare. Norman se sentit encouragé. Dès que le visiteur eut tourné les talons, il se précipita à la bibliothèque et sortit *Les grandes affaires criminelles des années 60*. Il lut le chapitre consacré à Hare en rentrant d'une visite à l'hôpital.

Raymond et Diana Hare avaient apparemment formé un couple sans histoires. Un matin, leur femme de ménage avait trouvé Mrs Hare sur le palier, gisant dans une mare de sang, battue à mort. Hare avait rapidement avoué. Sa femme et lui s'étaient disputés au beau milieu de la nuit à propos d'une fenêtre qui fermait mal. Emporté par la colère, Hare avait frappé sa femme avec une perche de bois. Ce n'était pas un crime spectaculaire, mais dans son introduction, Robinson expliquait qu'il l'avait fait figurer à côté des autres parce que comme eux, il se caractérisait par l'absence de véritable mobile.

Mais comment ai-je pu tenter de faire la même chose, et pour la même raison ? se demanda Norman. La maison de Hare est-elle hantée pour qu'on s'y sente poussé à répéter toujours le même meurtre ? Ou bien, la première fois que j'ai ouvert ce livre, mon cerveau a-t-il enregistré plus de choses que je ne l'ai cru ? En homme raisonnable, Norman préférait opter pour la deuxième hypothèse.

Il emprunta l'échelle de Roy pour attacher le loquet.

– Au fait, dit-il, je voulais vous demander : il s'agit de la même perche ?

– La vôtre, vous voulez dire ? La même que celle de Hare ? Oh ! non. Je ne sais pas ce qu'est devenue la sienne. La police l'a gardée, sans doute. Vous avez la nôtre. Quand nous avons transformé notre fenêtre, nous avons donné notre perche au neveu de Mr Hare. Il a été très content de la récupérer.

Norman trouva enfin un acquéreur. Rita était toujours en convalescence quand il se mit à leur chercher une nouvelle maison. Avec le peu qu'il avait retiré de la vente, il ne pouvait pas se montrer difficile. Il déposa un acompte sur le prix d'un des pavillons d'Inverness Street, en espérant que la pauvre Rita serait contente.

Hare's House
Traduction : Francine Thierry

LE PRIX D'UNE PROMESSE

Tous les Londoniens vous le diront, Potter est un des restaurants les plus chers de la capitale. Mais pour Nicolas Hawthorne qui, hormis les repas pris dans sa chambre meublée, ne fréquentait que les self-services, ce nom ne signifiait strictement rien. Aussi, lorsque Annabel lui proposa « d'aller dîner chez Potter », accepta-t-il avec joie.

C'était la première fois qu'il sortait en sa compagnie. Petite et menue, elle était assez jolie. Nicolas comparait son mince visage dévoré par des yeux immenses au museau d'un renard. Annabel suggéra de prendre un taxi, prétextant que « Potter, ce n'est pas facile à trouver ». Mais lorsqu'il vit l'imposant édifice planté bien en évidence dans Marylebone High Street, Nicolas se dit qu'il aurait pu économiser le prix de la course. Toutefois, il ne fit aucun commentaire.

Potter était un endroit très chic; Nicolas se demandait déjà combien ce repas allait lui coûter. De vastes baies à petits carreaux flanquaient les portes de bois sombre sculptées, brillantes et lustrées comme si elles avaient été encaustiquées fidèlement chaque jour depuis cinquante ans. Les épais rideaux de velours rouge qui masquaient l'intérieur du restaurant donnaient l'impression de pénétrer dans l'hôtel particulier d'un lord.

Ayant poussé la double porte, Nicolas aperçut trois couples installés dans les profonds fauteuils de cuir noir du bar. Un serveur se précipita pour débarrasser Annabel de son manteau et les précéda jusqu'à la salle à manger. Nicolas était très impressionné. Il s'attendait à ce qu'Annabel réagisse comme lui au luxe qui les entourait, mais elle semblait avoir laissé sa timidité au vestiaire en même temps que son manteau. Lorsque le serveur s'approcha avec le menu et la carte des vins, elle commanda un Pernod avec autorité.

Ça va me coûter une fortune, pensa Nicolas en détaillant les prix. Il se félicita d'avoir emporté la carte de crédit que sa banque venait de lui délivrer. « Amusez-vous et payez plus tard », disait la publicité... hélas, on finit toujours par payer.

Annabel commanda des asperges et du faisan rôti, les deux plats les plus chers. Nicolas choisit un potage de légumes et une côte de porc. Comme il demandait à Annabel si elle préférait du vin rouge ou du vin blanc, elle lui rétorqua qu'une seule bouteille ne suffirait pas et qu'il valait mieux en commander une de chaque.

Dès lors qu'elle commença à manger, elle ne dit plus un mot. Cela rappela à Nicolas un poème dans lequel un instituteur s'émerveillait de voir tant de savoir s'accumuler dans de si petites têtes d'enfants. En l'occurrence, Nicolas s'étonnait de voir tant de nourriture s'accumuler dans un si petit corps. Annabel passa allégrement du faisan aux pommes de terre sautées, des pommes de terre au chou rouge, puis aux haricots verts et, entendant le serveur recommander des artichauts braisés à la table d'à côté, elle en voulut également. Nicolas pria pour qu'elle s'arrête là, mais la tentation revint lorsque le serveur amena le chariot des desserts.

– Nous avons des fraises toutes fraîches, Madame.

– En novembre ? s'exclama-t-elle. C'est merveilleux !

Tout en sirotant son vin, Nicolas la regarda dévorer des fraises nappées de chantilly, puis commander une glace au chocolat. Il demanda un café.

– Désirez-vous une liqueur ?

Nicolas repoussa avec véhémence cette suggestion, mais Annabel déclara qu'elle prendrait bien une Chartreuse verte. Nicolas savait que c'était une liqueur très recherchée et qu'elle coûtait un prix fou.

Angoissé par l'addition qui l'attendait et dégoûté par la voracité d'Annabel, il éprouva le besoin de s'éloigner un bref instant. Il paraissait de plus en plus évident qu'elle n'était sortie avec lui que pour se goinfrer et boire à satiété. Après avoir marmonné une excuse, il se dirigea vers les toilettes.

Pour les atteindre il fallait traverser le bar, presque désert à cette heure-ci – il était maintenant 21 heures. Seul un autre couple, arrivé entretemps, occupait les fauteuils de cuir noir. L'homme, la cinquantaine, arborait un visage bronzé sous une épaisse crinière argent. Il avait passé un bras autour des épaules de sa compagne, une blonde très jolie et très jeune, et lui murmurait quelque chose à l'oreille. Nicolas le reconnut aussitôt. C'était le président de la société où son père avait travaillé comme représentant avant d'être renvoyé deux ans auparavant sous un prétexte fallacieux. La société s'appelait Sorensen-Mc Gill et l'homme aux cheveux argentés était Julius Sorensen en personne.

Nicolas, qui adorait son père, vouait depuis lors une haine opiniâtre à Sorensen, mais comme il était très jeune, sa bonne éducation l'emporta et il ne put s'empêcher de murmurer un vague bonsoir en passant. Arrivé aux toilettes, il sortit sa calculette et entreprit de compter ce qu'il allait devoir à sa banque. Au besoin, il ferait un emprunt à son père bien que cela lui répugnât car il ne connaissait que trop bien les difficultés financières auxquelles celui-ci avait à faire face depuis la perte de son emploi. En plus de ce prêt, s'il pouvait repousser le paiement de son loyer au mois suivant et réduire sa consommation de cigarettes – voire même cesser de fumer – il pourrait...

Lorsqu'il ressortit des toilettes, presque malade cette fois, Sorensen et la fille s'étaient séparés. Ils ne lui jetèrent pas un regard. Nicolas fit de même. Annabel en était à sa deuxième Chartreuse et s'empiffrait de petits fours. Se souvenant qu'il avait comparé son minois à museau de renard, il se dit que la comparaison n'était pas flatteuse pour les renards. La façon dont elle grignotait maintenant une orange confite la faisait plutôt ressembler à une souris vorace. De plus elle était complètement saoule.

– Je... ne me sens pas très bien, balbutia-t-elle. J'ai peut-être attrapé un virus. Demande l'addition, veux-tu?

Nicolas tenta vainement d'attirer l'attention du serveur. Quand enfin il y parvint, celui-ci se précipita vers eux avec le pot de café. Nicolas l'arrêta avec une autorité qui le surprit lui-même.

– Apportez-moi l'addition, je vous prie, ordonna-t-il d'un ton noble, comme s'il allait au sacrifice.

Le serveur s'éloigna mais revint aussitôt, lui demandant d'avoir l'obligeance de le suivre car le maître d'hôtel désirait lui parler. Etonné, Nicolas obéit. Que se passait-il? Avait-il fait quelque chose de mal? Annabel s'était affalée sur sa chaise, les yeux à demi fermés, un morceau d'orange collé sur le menton. On allait sûrement le prier de l'emmener et de ne jamais remettre les pieds dans ce respectable établissement qu'une telle conduite déshonorait. Les mains moites, il suivit le serveur.

– Votre note a été payée, Monsieur, lui annonça le maître d'hôtel.

Dans son costume noir avec plastron blanc, il ressemblait à un gros pingouin.

– Je... ne comprends pas, bafouilla Nicolas stupéfait.

– On m'a recommandé de vous dire que votre père avait réglé votre addition.

Un soulagement intense envahit Nicolas. Il se redressa, se sentant soudain plus libre et soulagé d'un grand poids. C'était comme si on venait de lui faire un cadeau de... soixante? soixante-dix livres? Et il comprit tout. Celui qui avait payé sa note en se faisant passer pour son père, c'était Sorensen. Il tentait de se racheter et avait déboursé soixante livres pour montrer combien il regrettait le mal qu'il avait fait.

D'un ton assuré, Nicolas commanda : « Appelez-moi un taxi, je vous prie. » Puis, ayant brutalement secoué Annabel pour la réveiller, il l'entraîna dehors.

Son état euphorique persista plus d'une heure. Il déposa sans ménagement la somnolente Annabel devant chez elle et réintégra sa chambre meublée. Ce n'est que lorsqu'il s'attabla devant son journal de mots croisés que tout se déclencha. Plus tard, en y repensant, il se dit que sans ces mots croisés, les choses se seraient passées différemment.

La définition indiquait : « Corruption » (en 11 lettres), la première lettre étant un « S ». Après avoir réfléchi quelques instants, Nicolas trouva « Subornation » et, vérifiant l'orthographe sur son dictionnaire, il lut : « Subornation : acheter un témoin pour l'inciter à faire une déclaration mensongère. »

Il reposa son dictionnaire et fixa un instant le mur devant lui. Subornation = corruption. Quel imbécile et quel naïf il avait été! Croire qu'un individu comme Sorensen pouvait avoir assez de cœur pour tenter de réparer une injustice... Si Sorensen avait fait ça, ce n'était pas par bonté d'âme, mais tout simplement pour l'acheter.

Il voulait empêcher Nicolas de raconter qu'il l'avait vu en compagnie d'une autre femme que la sienne. C'était de la corruption, de la subornation de témoin.

Trois ans auparavant, Nicolas avait assisté en compagnie de ses parents à une fête donnée par Sorensen au profit de son personnel et c'était Mrs Sorensen qui recevait aux côtés de son mari. Nicolas se rappelait une petite brune remuante d'au moins 45 ans, ce qui à l'époque représentait pour lui un âge canonique. Sorensen avait réglé sa note pour que sa femme n'apprenne pas qu'on l'avait vu en compagnie d'une fille assez jeune pour être sa fille.

Il avait soudoyé Nicolas, ou du moins tenté de le faire. Mais il se trompait s'il croyait pouvoir humilier la famille Hawthorne une fois de plus.

Bien sûr, c'était dommage de gaspiller une semaine de salaire pour cette peste d'Annabel, mais le mal était fait. Restait à défendre son honneur, qui valait sûrement qu'on lui sacrifie des biens matériels. Nicolas passa une nuit agitée en calculant toutes les privations qu'il allait devoir s'imposer durant les semaines à venir, mais au matin sa décision était prise et, s'assurant qu'il avait pris son carnet de chèques, il partit travailler.

Plusieurs heures passèrent avant qu'il ne trouve le courage de téléphoner à Sorensen-Mc Gill. Que faire si Sorensen refusait de le recevoir ? S'il avait eu cinq cents livres sur un compte en banque il aurait pu se payer le luxe d'expédier un chèque en blanc à Sorensen, accompagné d'une lettre aussi sèche qu'expéditive.

La standardiste qui était déjà là du temps de son père lui répondit.

– Sorensen-Mc Gill, bonjour. Que puis-je pour vous ?

D'une voix rauque, Nicolas demanda à voir Mr Sorensen de toute urgence.

– Ne quittez pas, je vous passe sa secrétaire.

Nicolas entendit une série de déclics et de sonneries. Lorsque enfin la secrétaire le prit en ligne, il était sûr d'avance que la réponse serait non.

– Mr Sorensen demande si 13 heures vous conviennent ?

L'heure du déjeuner ? Bien sûr que ça lui convenait. Mais qu'est-ce qui pouvait bien pousser Sorensen à sacrifier l'un de ses précieux repas d'affaires pour le voir ? Tout en se dirigeant vers Berkeley Square, Nicolas se demanda ce que cachait cette soudaine mansuétude. Un chuchotement intérieur commença à lui souffler les arguments que la veille au soir, la voix tonitruante du bon sens avait réfutés si énergiquement.

Se pouvait-il qu'après tout Sorensen fût sincère? Qu'il eût réglé sa note pour marquer sa gratitude au fils d'un ancien employé de valeur? Nicolas ignorait si Sorensen avait des enfants. La jeune blonde était peut-être sa fille. Dans ce cas, plus de corruption, de dette d'honneur, et plus besoin de se priver de cigarettes ou de s'humilier devant le propriétaire de son meublé.

Tout le monde connaissait Nicolas à Sorensen-Mc Gill. Il était souvent venu y chercher son père et, de plus, en était le portrait craché. La fille blonde, elle, ne ressemblait pas du tout à Sorensen. Une secrétaire l'introduisit dans le bureau directorial. Sorensen trônait dans un fauteuil de cuir jaune, derrière un bureau en bois de rose dont le sous-main était recouvert du même cuir. Sur le mur, au-dessus de lui, des reproductions de Modigliani et, posé sur le bureau, un gros cendrier de jade foncé débordant de mégots que la secrétaire remplaça prestement par un cendrier propre du même calibre, mais de jade clair.

– Bonjour Nicolas, dit Sorensen sans un sourire. Assieds-toi.

Il n'y avait dans la pièce qu'une seule chaise, ultra basse, composée de bandes de cuir tendues entre des barres de métal. A côté, sur un guéridon en verre fumé, un magazine était obligeamment ouvert à la double page centrale représentant une femme nue. S'affalant à demi sur son siège, à quelques centimètres du sol, Nicolas se dit que décidément, certaines personnes ont le chic pour mettre les gens mal à l'aise.

Sorensen alluma une cigarette mais ne fit pas mine de lui en offrir. Il tira une bouffée et regarda Nicolas en secouant doucement la tête.

– J'aurais dû m'en douter.

Nicolas ouvrit la bouche mais Sorensen l'arrêta d'un geste.

– Non, tu parleras quand j'aurai fini, aboya-t-il. La fille avec qui tu m'as vu hier soir est une poule que j'ai ramassée dans un bar. Inutile de te faire un dessin, n'est-ce pas ? C'était la première fois que je la voyais et la dernière. Je tiens à souligner qu'elle n'est ni ma petite amie ni ma maîtresse. Non, attends, ajouta-t-il, voyant que Nicolas essayait de placer un mot. Laisse-moi finir. Ma femme est de santé fragile. Si jamais elle apprenait où et avec qui j'étais hier soir, le choc la rendrait malade. Elle est dépressive. Mais...

Il aspira une profonde bouffée et continua :

– Mais ceci dit, je ne me soumettrai jamais à un chantage. C'est clair ? J'ai réglé ta note de restaurant, j'estime que ça suffit. Je n'aimerais pas que tu ailles répéter à ma femme ce que tu as vu, mais, quoi que tu fasses, je ne te donnerai pas un *penny* de plus.

Au mot chantage Nicolas avait senti son visage s'empourprer. Il était venu régler un point d'honneur et voilà que Sorensen se méprenait sur ses motivations.

– Vous n'avez pas le droit de... m'accuser d'une chose pareille.

– C'est le mot chantage qui te défrise ? Allez, avoue que tu es venu me soutirer encore un peu d'argent.

Nicolas bondit.

– Je suis venu vous rendre votre sale fric !

Sorensen eut l'air surpris. Il écrasa soigneusement sa cigarette.

– Je vois. La jeunesse est moralisatrice. Tu préfères tout dire à ma femme plutôt que d'être acheté, c'est ça ?

– Vous avez raison sur un point; je ne suis pas de ceux que l'on achète.

Nicolas frémissait de colère. Il posa ses mains à plat sur le bureau pour les empêcher de trembler, mais en vain.

– Je vous jure de ne dire à personne que je vous ai vu. Mais je refuse que vous payiez mon dîner et que vous vous fassiez passer pour mon père !

Il sentit des larmes de rage lui piquer les yeux.

– Du calme, mon garçon. Rassieds-toi. Si ce n'est pas pour me faire chanter, pourquoi es-tu venu ? Pour me faire des confidences ? Pour parler entre hommes des filles qui étaient avec nous hier soir ? Sache que je n'ai pas l'habitude de fréquenter des gens comme toi.

Nicolas se ratatina sur sa chaise. Il émanait de cet homme un pouvoir et une autorité que seul l'argent peut procurer. En le regardant plus attentivement, il découvrit Sorensen sous un jour nouveau : un homme de métal avec un teint de cuivre, des cheveux d'acier et un costume d'étain.

Puis il se ressaisit.

– A combien se montait ma note ? demanda-t-il.

– Oh ! laisse tomber...

– Combien ?

– Soixante-sept livres et des poussières, répliqua Sorensen qui semblait s'amuser.

Une petite fortune pour Nicolas. Il sortit son carnet et établit un chèque au nom de J. Sorensen, le posant sur le bureau :

– Voilà votre argent. Mais ne vous inquiétez pas, je ne dirai pas que je vous ai vu. Je vous l'ai promis et je n'ai qu'une parole.

Prononcer ces mots lui rendit son assurance et il

se sentit soudain noble et héroïque. Sorensen prit négligemment le chèque et le déchira.

Nicolas sortit avec toute la dignité dont il était capable. Il en était encore à se demander comment faire pour adresser un autre chèque à Sorensen lorsque, deux jours plus tard en lisant son journal dans le métro, il tomba sur le nom abhorré. Tout d'abord il crut qu'il ne s'agissait pas de « son » Sorensen mais, après avoir lu l'article en entier il n'eut plus le moindre doute. En gros titres on pouvait lire : « DÉCOUVERTE D'UN CADAVRE DANS LA FORÊT DE HATFIELD. MEURTRE DE L'ÉPOUSE D'UN INDUSTRIEL ».

L'article continuait :

« *Hier soir, le corps d'une femme a été retrouvé dans une voiture abandonnée dans la forêt de Hatfield. La victime, étranglée, a été identifiée. Il s'agit de Mrs Winifred Sorensen, 45 ans, épouse de Julius Sorensen, dont la société Sorensen-Mc Gill fabrique du matériel de bureau. Mrs Sorensen avait rendu visite à sa mère, Mrs Mary Clifford, à Mush Hadham. Mrs Clifford a expliqué : « Ma fille devait séjourner chez moi deux jours encore, aussi ai-je été très surprise lorsqu'elle m'a fait part de son désir de rentrer à Londres mardi soir. » « Je n'attendais pas ma femme mardi », a déclaré de son côté Mr Sorensen. « C'est en téléphonant hier à sa mère que j'ai appris qu'elle n'était plus chez elle. Inquiet de ne pas avoir de nouvelles, j'ai immédiatement prévenu la police. »*

L'enquête suit son cours.

Pauvre femme, pensa Nicolas. Pendant qu'elle roulait vers Londres, impatiente de revoir son mari, celui-ci faisait le joli cœur avec une fille ramassée dans un bar et dont il ne connaissait même pas le nom. Il devait être rongé de remords. En tout cas Nicolas le souhaitait ardemment. C'était horrible de penser que pendant que ce salaud tripotait cette fille, buvait avec elle et avait sans doute terminé la nuit en sa compagnie, sa femme luttait désespérément avec son meurtrier dans une forêt sombre...

Nicolas n'aurait pas été surpris outre mesure d'apprendre que Sorensen était le meurtrier. Ce type était capable de tout. Seulement... il n'avait pas pu commettre le meurtre, Nicolas était bien placé pour le savoir. Aussi fut-il surpris d'être abordé par deux policiers ce soir-là en rentrant chez lui. Ils l'attendaient dans une voiture banalisée devant son domicile et dès qu'ils le virent se portèrent à sa rencontre.

– Ne vous inquiétez pas, Mr Hawthorne, lui dit le plus âgé des deux qui se présenta comme étant l'inspecteur principal. Simple formalité. Vous avez sans doute lu dans les journaux la nouvelle de l'assassinat de Mrs Winifred Sorensen?

– Oui.

– Pouvons-nous entrer?

Ils le suivirent dans sa chambre. Nicolas avait lu suffisamment de romans policiers pour savoir que le moindre indice pouvait les mener à une piste. Ils devaient être au courant de ses rapports – même lointains – avec Sorensen-Mc Gill et voulaient sans doute lui poser des questions sur la personnalité de Sorensen. Eh bien, ils allaient être servis!

Il leur dirait la vérité, à savoir que cette pauvre Mrs Sorensen, sans doute jalouse et méfiante (à juste titre) avait décidé de quitter sa mère plus tôt que prévu pour surprendre son mari en flagrant délit d'adultère. C'est sans doute ce qui se serait passé si elle était rentrée chez elle ce mardi soir.

Malheureusement elle n'y était jamais arrivée car entre-temps un maniaque l'avait étranglée. Ils voulaient des détails? Il allait leur en donner!

Les policiers s'assirent sur le lit car Nicolas ne disposait que d'une seule chaise.

– Il a été établi, commença l'inspecteur, que Mrs Sorensen a été tuée entre 20 et 22 heures mardi soir.

Nicolas hocha la tête, réprimant à grand-peine sa jubilation. Quel choc ils auraient lorsqu'ils apprendraient la double vie que menait ce respectable homme d'affaires! Mais il déchanta vite.

– A 21 heures ce soir-là, Mr Julius Sorensen se trouvait chez Potter, le restaurant de Marylebone Hight Street, en compagnie d'une jeune femme. C'est lui-même qui nous l'a confirmé.

Ainsi il leur avait dit! Il avait avoué! Un sentiment de frustration envahit Nicolas.

– Il paraît que vous dîniez ce même soir dans le même restaurant, Mr Hawthorne?

– Heu, oui... murmura Nicolas d'une voix faible.

– Et le lendemain vous vous êtes rendu au siège de la société Sorensen-Mc Gill où vous avez eu un entretien avec Mr Sorensen. Pouvez-vous nous résumer cet entretien, Mr Hawthorne?

– C'était justement à cause de ma présence la veille chez Potter. Mr Sorensen voulait que...

Nicolas s'arrêta, le rouge aux joues.

– Ne vous troublez pas, Mr Hawthorne. Je comprends ce que vous ressentez. Les jeunes comme vous sont très pointilleux sur les questions d'honneur et de loyauté. Est-ce que je me trompe?

Nicolas acquiesça, embarrassé.

– Il est de votre devoir de nous dire la vérité.

– Oui, naturellement.

– Est-ce que Mr Sorensen a essayé d'acheter votre silence ?

Nicolas prit une profonde inspiration.

– Oui. Mais je lui ai fait une promesse.

– Dans une affaire pareille, la recherche de la vérité doit prendre le pas sur les promesses personnelles. Voyons, récapitulons. Mrs Sorensen a été assassinée entre 20 et 22 heures. Mr Sorensen prétend qu'il se trouvait au bar de ce restaurant à 21 heures. Malheureusement le personnel de Potter ne se souvient pas de lui. Il affirme d'autre part ne pas connaître le nom de la jeune personne qui l'accompagnait. Son alibi repose donc sur votre présence dans cet établissement en même temps que lui.

L'inspecteur principal s'interrompit et jeta un bref coup d'œil à son adjoint. Puis, se tournant à nouveau vers Nicolas :

– Parlez, Mr Hawthorne. Votre témoignage est de la plus haute importance.

Nicolas se tut un instant.

– J'étais bien chez Potter ce mardi-là jusqu'à 21 h 30, répondit-il enfin, s'employant à dire l'exacte vérité. C'est la raison pour laquelle j'ai rencontré Mr Sorensen le lendemain dans son bureau, pour parler de ma présence là-bas... et de la sienne et... il a payé mon addition.

– Je vois.

Les yeux de l'inspecteur s'étaient rétrécis. Sans doute avait-il la ferme conviction de savoir peser la sagesse et la naïveté, l'innocence et le mensonge qui habitent tout individu.

– Mr Hawthorne, avez-vous réellement vu Mr Sorensen chez Potter mardi soir ?

– J'ai donné ma parole, articula Nicolas.

Rien de plus facile. Il lui suffisait de tenir la promesse faite à Sorensen pour que celui-ci soit inculpé de meurtre. Il baissa la tête et dit d'une voix sourde.

– Non, je ne l'ai pas vu.

Bribery and Corruption
Traduction : Georgie Etienne

[illegible]

[illegible]

Traduction : Georges Lamarre

[illegible]

[illegible]

la [illegible]

esp[illegible]

que [illegible]

au [illegible]

[illegible]

ou [illegible]

[illegible]

Ma[illegible]

sif[illegible]

[illegible]

SIFFLER EN TRAVAILLANT

Jeremy trouva la clé alors qu'il travaillait avec Manuel dans le complexe touristique. Tous les appartements devaient être repeints de la même couleur « champagne » et jusqu'ici, pour effectuer ce genre de tâche, personne n'avait encore inventé la machine qui supplanterait les ouvriers. Jeremy espérait bien qu'on ne la découvrirait pas avant que le chantier soit terminé. Manuel était citoyen américain, bien qu'il soit originaire de quelque part au sud de la frontière – Cuba, pensait Jeremy. Lui-même était né fort loin au nord de cette frontière, en Angleterre précisément, et cela faisait maintenant deux ans qu'il parcourait les Etats-Unis, espérant que sa chance finirait par tourner. Cette clé, songea-t-il, allait peut-être lui donner le coup de pouce qu'il attendait.

La clé était posée sur l'appui de la fenêtre de la chambre à coucher, dans un coin, sous le store. Manuel, dans le salon, sifflait un air de *country*. Il sifflait tout le temps en travaillant, jamais rien de latino-américain, toujours de la *country*. Jeremy aurait préféré qu'il mette la radio. La clé portait une petite étiquette au bout d'une ficelle, et sur l'étiquette, il y avait une adresse. Jeremy ouvrit la bouche pour dire : « Hé, Manuel, tu as vu cette... » Mais il se ravisa. A côté, le sifflotement continua. Quoi qu'il pût tirer de sa trouvaille, voulait-il avoir à le partager avec Manuel ? Ou, pire encore, voulait-il que Manuel lui confisque la clé ?

On trouvait souvent des choses dans les appartements. Les gens étaient très négligents. Ils louaient ces appartements à Juanillo Beach pour une quinzaine de jours pendant la saison et rentraient chez eux dans le New Jersey, à Moscou, dans l'Idaho. Dieu sait où encore, semant derrière eux leurs bijoux et leurs appareils photo, sans compter les livres, les cassettes et autres broutilles. La société qui gérait les appartements était censée tout récupérer avant que Manuel ne commence la peinture, mais le travail avait été mal fait. Jeremy avait déniché une liasse de billets, plus de 80 dollars, dans un placard de cuisine et, coincée dans une rainure entre le mur et le carrelage, une bague de diamant. Un bijoutier du centre de Miami lui en avait donné 250 dollars – le dixième de sa valeur, sans doute. Il avait eu tort d'en parler à Manuel. S'il n'avait rien dit pour les billets, celui-ci avait regimbé pour la bague. Il n'était pas plus honnête qu'un autre, mais il avait décroché un contrat avec *Juanillo Beach Properties Inc.*, et ne voulait pas le perdre. En tout cas, il avait interdit à Jeremy de faire main basse sur ce qu'il pouvait trouver dans les appartements. C'était suffisant pour que Jeremy ramasse la clé et la glisse dans la poche de son jean. Dans la pièce voisine, le sifflotement continuait, joyeux.

Il commençait à faire chaud et l'air conditionné était tombé en panne. Ou alors *Juanillo Beach Properties* avait ôté les plombs, pensa Jeremy.

Ç'aurait bien été dans leur genre. Vers midi, il ferait près de quarante. Mais c'était pour le climat qu'il était venu ici, et pour le climat qu'il restait. La pauvreté est plus facile à supporter sous le soleil. Il pensa à l'Angleterre avec horreur; l'idée d'être expulsé et de devoir y retourner était le pire de ses cauchemars. Dans son souvenir, sa terre natale était verte et froide, peuplée de riches vieillards qui entretenaient des feux de bois à longueur d'année, un pays de chômage et de privilèges où il ne s'était jamais senti chez lui. Ici, le store relevé lui découvrait le jardin tropical de l'immeuble, les palmiers, les citronniers, les lauriers roses et, ici et là, les feuilles nettement découpées d'un bananier. Des papillons zébrés de jaune et de noir voltigeaient parmi l'épais feuillage brillant. Et le soleil resplendissait dans un ciel sans nuages. Il se plaisait ici, enfin, il s'y serait plu avec un peu d'argent.

A Londres, une chambre minuscule lui coûtait 25 livres par semaine et il devait partager avec quatre autres locataires une salle de bains et une cuisine situées deux étages plus bas. Ici, pour moins que cela, il disposait dans un motel d'une chambre avec salle de bains – enfin, une douche. Et pas besoin de cuisine : on pouvait manger dehors pour pas cher. Mais il pensait quelquefois qu'il était venu trop tard tenter sa chance aux Etats-Unis, peut-être cinquante ans trop tard. C'était ce que disait Josh, le propriétaire du motel. Bien sûr, Josh ne savait pas qu'il était en situation irrégulière. Ou en tout cas, il faisait comme si.

Après le travail, Josh et lui buvaient parfois une bière ensemble sur la véranda. Le quartier était plutôt minable, et le motel miteux, mais s'il y avait une chose que Josh réparait régulièrement, c'étaient les moustiquaires qui entouraient cette véranda. Tous les moustiques chassés des beaux quartiers rappliquaient ici, disait Josh.

– Jeremy se souvint de l'adresse sur la clé.

– Où est-ce, la Onzième Avenue?

Sur la table étaient posées deux canettes de *Coors* dégoulinantes de gouttelettes glacées et un paquet de noix de pecan grillées. Dehors, un petit lézard brun grimpa sur la moustiquaire.

– Comment ça, la Onzième Avenue? La Onzième où?

– A Miami.

– Il n'y a pas tant de villes dans ce pays où les avenues aient des numéros. Pourquoi? Qu'est-ce que tu veux savoir? (Il n'attendit pas la réponse.) Prends L.A. ou Philadelphie, les avenues n'y sont pas numérotées.

– A New York, elles le sont.

– New York, c'est pas pareil, répliqua Josh.

Jeremy avait remarqué que les Américains disaient toujours ça.

– Et Miami, alors?

– Sûr que Miami a une Onzième Avenue. Quelque part dans le centre. Il y a un plan dans le bureau.

Jeremy y jeta un coup d'œil. L'adresse sur la clé indiquait 1562A Ave. 11. Pas de nom de ville ni d'Etat. L'étiquette, assez sale, portait quelque chose en plus de l'adresse, deux majuscules, en fait. La seconde était certainement un J ou un Y. Y pour York? J pour Juanillo? Il savait, sans avoir à le demander, qu'il n'y avait pas de Première Avenue à Juanillo, sans parler d'une Onzième. D'ailleurs, pouvait-il être certain qu'il s'agissait d'une Onzième Avenue? Ave. 11, c'était une curieuse façon d'écrire, plutôt européenne, sauf que les Européens ne numérotent pas souvent leurs rues.

Il y avait peu de chances pour que ce soit à Miami. Les gens de Miami ne louent pas d'appartements à Juanillo Beach. Mais il pouvait toujours essayer. Un cambriolage devient si simple, à peine malhonnête, quand il n'y a pas de porte à forcer. Ce soir il allait dîner avec Manuel et Lupe dans un restaurant thaïlandais de Fort Cayne, le quartier chic où habitait Manuel. Mais d'abord il irait faire un petit tour dans le centre pour essayer la clé sur la porte d'entrée du 1562A, Onzième Avenue.

L'endroit était désert, silencieux. Il sonna, attendit, sonna de nouveau. Puis il essaya la clé. Elle ne rentrait pas. Dans le taxi qui l'emmenait à Fort Cayne, il songea à ce qu'avait dit Josh sur les rares villes américaines dont les avenues portent des numéros. Josh pouvait se tromper, bien sûr, il n'avait cité que trois villes... Et puis, n'était-il pas plus probable que la clé ouvrait un appartement de New York ? A quoi ressemblait la Onzième Avenue de New York et à quelle hauteur pouvait bien se situer le 1562A ? Si ç'avait été le même numéro sur la Cinquième, il en aurait eu une idée plus précise. Il imaginait un magnifique appartement new-yorkais plein de trésors attendant simplement que quelqu'un vienne les accueillir. L'ennui c'est que le billet pour New York coûtait 300 dollars aller-retour.

Le restaurant s'appelait le *Phumiphol* et respirait le luxe. Jeremy arriva le premier. Il commanda une vodka avec des glaçons – à mettre sur la note. Ça allait lui faire un peu drôle de revoir Lupe. Il se montrerait à la hauteur, bien sûr, mais il avait besoin de boire cette vodka.

Son vrai nom était Guadelupe, ou Maria del

Guadelupe, et comme lui, elle se trouvait en situation irrégulière. C'était une belle fille à la peau sombre, petite, avec des yeux immenses et les traits réguliers de ces stars mexicaines du Hollywood des années 30. Elle ressemblait à Dolores del Rio, qu'il avait vue une fois en photo. Manuel allait l'épouser et elle aussi deviendrait une citoyenne américaine, tout autant que la femme du président.

Sa vodka arriva avec, dans une soucoupe, quelque chose qui ressemblait à des cafards salés. Jeremy avait rencontré Lupe pour la première fois dans l'appartement de Manuel. Non pourtant qu'elle y eût vécu avec lui. Manuel était très strict et très latin sur ces choses-là. Sa fiancée devait être vierge et apparaître comme telle aux yeux du monde entier.

Et vierge, elle l'était en effet. Jusqu'à ce que Jeremy couche avec elle. Lupe avait une chambre chez une dame cubaine et venait tous les jours faire le ménage chez Manuel et repasser ses chemises. Manuel mettait lui-même ses chemises dans la machine, mais Lupe les repassait. D'où qu'elle pût venir, elle ne voulait pas y retourner, et Jeremy était sûr que c'était pour ça qu'elle servait Manuel et lui obéissait, dans l'espoir de l'épouser. Manuel était plutôt laid, très maigre. Il avait une silhouette d'araignée et un visage en lame de couteau tout grêlé, tandis que Jeremy était grand, blond et assez beau. C'était sans doute pour cette raison que Lupe était tombée amoureuse de lui.

Amoureuse n'était peut-être pas le terme exact. En tout cas, elle n'avait guère résisté. Manuel avait dû retourner chez lui parce que son père agonisait. Il était mort avant son arrivée, aussi Manuel ne s'était-il absenté que deux jours, mais cela avait suffi. Jeremy et Lupe faisaient l'amour dans l'appartement d'Hacienda Alameda avant même que Manuel n'ait mis le pied dans l'avion. La virginité de Lupe avait été une surprise et Jeremy en avait été un peu intimidé, mais au bout de trois ou quatre fois, cela revenait au même que si elle l'avait perdue des années auparavant.

Le problème, c'est qu'ils n'avaient pas su s'arrêter à temps. Manuel avait fini par tout découvrir. Par un après-midi où Jeremy avait congé et où Lupe nettoyait l'appartement, ils avaient oublié toute prudence, et succombé. Il leur aurait été si facile d'aller au motel, avait-il pensé plus tard. Manuel ne les avait pas surpris au lit, non. Il avait trouvé un cheveu blond et un long cheveu châtain ondulé sur l'oreiller, là où un homme brun dormait seul.

Jeremy finissait sa vodka quand Manuel et Lupe entrèrent. Manuel avait l'air de bonne humeur et content de lui. Il parlait des vacances qu'il allait prendre loin de la Floride quand le temps se mettrait vraiment au chaud. « L'occasion rêvée pour une lune de miel », voilà ce qu'aurait dit Jeremy quelques mois plus tôt. « Il paraît que l'Alaska est un endroit super en été. » Quelque chose l'empêchait aujourd'hui de faire ce genre de commentaire. Manuel n'avait plus parlé de mariage depuis ce fameux soir.

On leur apporta une soupe transparente où flottaient des pétales de fleurs, un pichet de saké et une bouteille de Perrier. Ni Lupe ni Manuel ne buvaient beaucoup. Puis ils prirent des petites galettes, des légumes découpés en lanières et du canard aux cinq parfums. Le tout semblait sortir d'une cuisine de poupée. Lupe mangeait délicatement, mâchant vingt fois chaque bouchée, sans lever la tête.

– Je veux me conduire en homme civilisé, avait dit Manuel.

Jeremy l'avait trouvé pathétique comme il ajoutait :

– En gentleman américain.

Il était ridicule quand il était malheureux : on aurait dit un corbeau aux plumes engluées de bave.

– Mes ancêtres t'auraient tué et elle avec.

Jeremy avait levé les yeux au ciel : Seigneur...

– Les temps ont changé. Pour moi, ce sera comme s'il ne s'était rien passé. (Manuel avait ragardé Lupe.) Mais ça ne doit plus jamais se reproduire.

– Ça ne se reproduira plus, avait dit Lupe.

– Bien sûr que non.

Jeremy ne voulait plus d'elle, de toute façon. Toutes ces histoires auraient suffi à dégoûter n'importe qui de femmes plus désirables que Lupe Garcia.

– Alors tu restes travailler avec moi, avait dit Manuel à Jeremy, et nous ferons une croix sur le passé.

Il avait souri et insisté pour serrer la main de Jeremy. Puis il était allé dans la cuisine ouvrir une bouteille de vin, tout en sifflant « La Valse du Tennessee ». Un choix de circonstance, bien que dépourvu de tact, avait pensé Jeremy, mais après tout, peut-être Manuel n'en connaissait-il pas les paroles. Lupe avait essayé de croiser le regard de Jeremy, mais celui-ci s'était dérobé.

Cette explication avait eu lieu deux mois plus tôt, et Jeremy revoyait Lupe pour la première fois depuis. Toute l'affaire lui laissait le sentiment démodé que par un seul acte, le premier, sans même parler des suivants, il l'avait *gâtée* pour Manuel; Lupe était dorénavant une marchandise sans valeur. Elle s'était faite plus soumise encore. Pourtant, elle n'avait pas l'air malheureuse. Tous trois mangèrent des petits gâteaux de semoule nappés de sirop.

Manuel avait pris sa voiture, bien qu'il habite juste à côté. Jeremy fut invité à venir boire le café. Il se rendit à la salle de bains et y trouva des signes évidents de l'installation de Lupe : un pot de fond de teint, un pinceau à cils, une bouteille de son eau de Cologne. Les principes de Manuel n'avaient pas résisté longtemps, pensa Jeremy avec un petit rire silencieux.

– Oui, j'ai emménagé, lui dit Lupe.

Il regarda sa main, et elle s'en aperçut. Même pas une bague de fiançailles.

Manuel le reconduisit chez lui. Sa voiture était flambant neuve. Jeremy se demandait souvent d'où venait son argent. Ce n'est pas en peignant des plafonds qu'on peut s'acheter un appartement dans la prestigieuse Hacienda Alameda, changer de voiture tous les ans et prendre l'avion tous les deux mois pour aller voir sa famille. Mais que lui importait! Il n'allait pas tarder à reprendre la route, de toute façon. Vers la Californie peut-être, dès qu'il aurait amassé le prix du billet.

Les cocotiers qui entouraient le motel de Josh, pleins de rainettes, résonnaient d'un chantonnement continu qui les faisait paraître vivants et portait sur les nerfs. Jeremy n'arrivait pas à dormir. Pourquoi ne pas aller à New York essayer cette clé? L'étiquette portait deux lettres après Ave. 11, et l'une d'elles pouvait être un Y. Peut-être n'y avait-il que deux villes aux Etats-Unis dont les avenues portaient des numéros – peut-être aussi y en avait-il des douzaines.

Quelques jours plus tard, Manuel et lui attaquèrent l'appartement suivant. Il était rigoureusement identique à celui qu'ils venaient de finir, sauf que dans celui-ci, il n'y avait pas de clé sur l'appui de la fenêtre. Manuel sifflotait dans la pièce voisine, une chanson sur les tournesols du Kansas. Le coquet blouson bleu pâle qu'il portait ce jour-là était posé à cheval sur le bord de la baignoire. Il n'y avait pas d'autre endroit où le mettre. Jeremy tâta les poches. Il l'avait déjà fait dans une période de vaches maigres et s'était octroyé 50 dollars. Manuel n'avait pas relevé. Le sifflotement continuait : seule la mélodie changeait, descendant vers le Sud pour devenir « La rose jaune du Texas ». Jeremy sortit une liasse de billets de vingt, une grosse somme.

Il ne pouvait pas la fourrer simplement dans sa poche. Il regarda autour de lui, réfléchissant rapidement. La bonde de la baignoire, en métal, était actionnée par un levier placé sous les robinets, mais on pouvait aussi l'enlever à la main. Jeremy la souleva et introduisit avec précaution le rouleau de billets dans le trou. Le rouleau se desserra un peu pour épouser la forme du trou, comme il l'avait prévu. Il remit la bonde en place.

A l'heure du déjeuner, ils sortaient généralement à tour de rôle pour aller chercher deux *Whoppers*, deux parts d'oignons grillés et deux cocas. C'était toujours Manuel qui payait. Cessant de siffler, il vint chercher son blouson dans la salle de bains pour y prendre les six ou sept dollars qu'il fallait à Jeremy pour aller au *Burger King*. Cette fois, il ne prit pas la disparition de son argent avec autant de philosophie.

– Je sais que tu ne m'accuses pas, dit Jeremy. Je sais que tu en es incapable, mais je tiens à te montrer.

Il retourna les poches vides de son jeans, ôta sa chemise, fit voler ses chaussures d'un coup de pied et tendit à Manuel sa propre veste contenant exactement 8 dollars.

– Je ne sais pas combien tu avais sur toi, Manuel, mais tu faisais tournoyer ton blouson quand on est montés dans la voiture devant chez moi. Le quartier est assez pourri vers chez Josh...

– Ça ne sera pas perdu pour tout le monde, c'est ça ?

Manuel affectionnait ces tournures que son accent espagnol rendait burlesques.

– Ce n'est pas ça qui fera couler le bateau, poursuivit-il. Mais pour une fois, tu vas nous payer à déjeuner.

Il rit et lui donna une petite tape dans le dos.

Jeremy repêcha les billets avant de rentrer. Il y en avait seize, plus qu'il n'en fallait pour aller à New York. Mais si l'appartement correspondant à la clé ne se trouvait pas à New York ? Tout cet argent serait perdu. C'était une clé d'apparence coûteuse, d'une certaine *classe,* pensa-t-il, plus brillante, plus lourde, plus finement découpée que celles qui ouvraient Hacienda Alameda...

Manuel partit la semaine suivante en laissant Lupe toute seule. Jeremy ne voulait à aucun prix renouer avec elle. Son intention était d'éviter Fort Cayne pendant les quatre jours d'absence de Manuel.

Lupe vint le trouver chez lui. Il était assis sur la véranda avec Josh quand elle déboucha sur le parking dans la nouvelle voiture de Manuel. Il y avait quelque chose d'incertain et vulnérable dans sa façon de conduire, sa façon de se garer. Jeremy n'avait jamais vu quelqu'un avec aussi peu d'amour-propre.

Parce qu'elle se considérait comme moins que rien, les autres la traitaient comme moins que rien. D'ordinaire, ce sont les Orientales que l'on compare à des fleurs, et pourtant Lupe lui évoquait une fleur, d'hibiscus, peut-être.

– Eh bien, il y en a qui ont de la chance, dit Josh.

– Oh ! ne te gêne pas.

Jeremy eut un haussement d'épaules. Lupe avait ouvert la porte-moustiquaire et montait les marches d'un air incertain.

– Il y a un nouveau règlement, ici, lui dit-il. Pas de membres du beau sexe dans les chambres après le coucher du soleil.

Il rit de sa propre astuce.

Elle rougit. Josh, qui avait généralement le sens de l'humour, ne rit pas. Il l'invita à s'asseoir : que dirait-elle d'un verre offert par la maison ? Lupe dit doucement qu'elle prendrait un coca s'il y en avait. Josh apporta le coca et lui demanda où était Manuel. Il l'avait rencontré une fois ou deux.

– San José, dit Lupe.

Jeremy fut surpris.

– Sa mère habite la Californie ? Il ne me l'avait jamais dit.

– Pas la Californie, dit Josh. Le Costa Rica. C'est bien la capitale du Costa Rica, San José, non ?

Lupe acquiesça de la tête. Jeremy savait à peine où situer le Costa Rica, et s'en fichait éperdument. Josh n'y était jamais allé, mais il avait entendu dire qu'il n'y avait pas d'armée là-bas, et que c'était la seule véritable démocratie d'Amérique centrale.

Lupe non plus n'y avait jamais mis les pieds. Elle, elle venait du Nicaragua. Ils étaient réellement en pleine conversation. Restons-en là, pensa Jeremy.

Il ne savait pas si c'était Manuel qu'elle aimait, ou uniquement son argent et sa qualité de citoyen américain. Quoi qu'il en soit, elle parlait tout le temps de lui. Manuel était un fils attentionné, qui avait acheté à sa mère une maison dans la banlieue la plus résidentielle de San José. Lupe entreprit de leur montrer les photos d'un bungalow enfoui sous les bougainvillées, aux fenêtres protégées par des barreaux dorés.

Jeremy regarda les photos; elles avaient été prises par un professionnel dont l'adresse figurait au dos : Ave. 2, lut-il, San José, Costa Rica.

Il finit par trouver un plan de San José dans une librairie du centre. C'était une ville où les rues – *calles* – portaient des numéros, tout comme les *avenidas*. « Ave. », pouvait aussi bien être l'abréviation d'*avenida* que d'avenue. A *Juanillo Beach Properties,* il apprit qu'un des appartements avait été récemment occupé par un couple de Costaricains. Beaucoup d'entre eux viennent passer une semaine ou quelques jours en Floride : les magasins y sont mieux approvisionnés et plus avantageux. Les appareils électriques, par exemple, sont deux fois moins chers qu'à San José. Non, la société ne pouvait pas lui donner leur adresse. S'il avait trouvé un objet dans l'appartement, il n'avait qu'à le remettre au bureau, la société se chargerait de le renvoyer. Jeremy tendit deux rouleaux de pellicule qu'il venait d'acheter. La réceptionniste de *Juanillo Beach Properties* le regarda comme s'il était cinglé.

L'agence de voyages où il se rendit lui proposa une excursion de trois jours à San José pour bien moins qu'il n'avait fauché à Manuel. Celui-ci était revenu et tous deux repeignaient le dernier appartement de l'immeuble. Manuel n'éleva aucune objection quand Jeremy lui annonça qu'il aimerait avoir congé la semaine suivante, et il eut l'air intéressé quand il sut qu'il allait à New York. Il sourit, émit un commentaire stéréotypé sur la « Grosse Pomme » et trouva une drôle de formule pour recommander à Jeremy de ne rien faire que lui-même ne ferait pas. Puis il prit un pinceau propre, le seau à peinture, et s'en fut dans la chambre à coucher en sifflotant.

Jeremy arriva à destination tard dans l'après-midi. L'avion comptait plus de Costaricains que d'Américains, et quand le capitaine annonça qu'ils entamaient leur descente sur San José, ils se mirent à applaudir, à crier et à taper des pieds. A l'évidence, Jeremy était tombé sur des patriotes. Un car affrété par l'agence le déposa en ville. L'altitude était plus élevée qu'en Floride et il faisait plus frais, bien qu'on fût beaucoup plus près de l'équateur. Des montagnes bleues se profilaient derrière les plantations de café et les bananeraies. Jeremy avait glané ici ou là des images du tiers monde et il s'attendait à voir dès la sortie de la ville les bidonvilles de la misère, ses baraques faites de tôles, de bouts de toile et de sacs en plastique, ses tas d'ordures, ses mouches. La pauvreté ne le gênait pas, il n'y pensait jamais. Ici, simplement, il s'attendait à la voir – tout comme il s'attendait à trouver de la pluie et des manoirs Tudor dans son pays natal. Mais il ne rencontra que des bungalows en stuc bien propres et de petites maisons qui n'auraient pas détonné dans un lotissement anglais.

Le plan pouvait lui avoir menti, mais il se sentit soulagé en repérant les *avenidas*. L'hôtel *Latino-americana* se trouvait sur l'Avenida Central; ce n'était pas exactement un palace, mais bien le meilleur hôtel où Jeremy fût jamais descendu et il avait au moins cinq étoiles de plus que le motel de Josh. La nuit tomba vers 6 heures. Carmen, le guide, avait mis son groupe d'excursionnistes en garde : les pickpockets fourmillaient en ville. Jeremy se dit qu'il irait se coucher tôt. Comme tout San José, d'ailleurs : le bar de l'hôtel fermait à 10 heures tapant.

Le matin, il alla nager dans la piscine de l'hôtel. L'eau était glacée. Dehors, sur l'Avenida Central, régnait une atmosphère lourde de vapeurs d'essence. Il marcha un peu vers le centre, mais la pollution qui stagnait comme un brouillard bleu et obscurcissait les montagnes le fit tousser. Carmen avait recommandé, lorsqu'on prenait un taxi, de discuter d'abord le prix de la course avec le chauffeur. Jeremy marchanda un peu, mais il ne parlait pas l'espagnol, le chauffeur à peine l'anglais, et il s'assit sur la banquette arrière, à peu près certain de se faire plumer. Le chauffeur allait lui faire visiter la ville.

Ils traversèrent d'abord la banlieue située de part et d'autre de la route d'Irazu, où se trouvent les plus belles maisons et les ambassades. Ni l'Avenida 11 ni la maison de la mère de Manuel n'étaient en vue. Le chauffeur indiquait les endroits dignes d'intérêt – dont Jeremy n'avait cure. Il pointa l'université et le musée des arts plastiques, puis, pas très loin de l'hôpital pour enfants, Jeremy aperçut un bungalow en tous points semblable à celui de la mère de Manuel – peut-être même le sien – envahi de bougainvillées et défendu par une grille dorée. A l'une des fenêtres, un petit chien blanc regardait fixement dehors. A un certain moment, ils enfilèrent même l'Avenida 11, sans passer toutefois à proximité du 1562. Mais elle n'était pas bien loin du *Latinoamericana* et Jeremy pouvait aisément y aller à pied.

Fallait-il attendre la nuit tombée? Sans doute. Ou valait-il mieux surveiller la maison, jusqu'à ce que ses occupants en sortent? Jeremy n'avait que deux jours, après tout. Il paya au chauffeur le double – lui sembla-t-il – de la somme convenue au départ et remonta à pied la Calle Central. L'Avenida 11 se séparait en deux branches qui contournaient, sinistre présage, la prison centrale.

La maison lui causa une profonde déception. Elle n'était pas aussi belle – beaucoup s'en fallait – que celle de la mère de Manuel. Jeremy pensa à l'endroit où habitaient ses parents à Londres, dans le nord de Finchley. Ce bungalow qui se dressait solitaire sur le bord de la route aurait pu être le leur, n'eussent été les deux palmiers qui poussaient devant et la haie d'épines, pleine de fleurs rouges, qui la séparait de la parcelle voisine, un terrain vague où s'empilaient de vieux bidons d'essence.

Des rideaux de dentelle, pas trop propres, pendaient aux fenêtres. La peinture s'écaillait. La bicoque semblait inoccupée, mais il n'osa pas essayer la clé. Il fit le tour en passant par le terrain vague. Tout était bouclé. Il ne remarqua qu'une niche vide et une chaîne toute rouillée, cassée.

Jeremy avala un hamburger dans un *MacDonald.* Il n'était pas habitué à l'altitude et, ayant bu quelques verres au bar de l'hôtel, fatigué, il s'endormit. Vers 6 heures et demie, il faisait complètement nuit, il remonta la Calle Central vers l'Avenida 11. Le bungalow était plongé dans l'obscurité. A présent, la circulation devenait plus fluide et le nuage de pollution s'éclaircissait, laissant voir les étoiles et même un mince croissant de lune. Posté sur le trottoir d'en face, Jeremy observa la maison. Au bout d'un quart d'heure, passant par le terrain vague, il regarda par-derrière. Rien. Personne. Pas une lueur. Les passants se faisaient plus rares. Il poursuivit son chemin jusqu'au zoo et revint par une rue pratiquement déserte, aspirant l'air frais. La maison gardait le même aspect. Il sortit la clé de sa poche et l'introduisit dans la serrure. La porte s'ouvrit sans peine.

Jeremy la referma derrière lui et se tint un moment dans la petite entrée carrée. L'endroit sentait la poussière, le renfermé. Cette bicoque était inoccupée depuis des mois. Un peu de lumière perçait de la rue, mais pas assez. Jeremy alluma sa torche. Il poussa une porte et se retrouva dans une chambre à coucher qui dégageait une intolérable odeur de camphre. Sur les murs subsistaient les traces de meubles qu'on avait déménagés : seul restait un grand lit à la tête d'acajou sculpté, protégé par un couvre-lit de dentelle blanche. Le bungalow était en fait bien plus grand qu'il ne le semblait de l'extérieur. Il comptait encore deux chambres, dont l'une complètement vide. La circulation avait cessé sur l'Avenida 11, ou bien elle n'était pas perceptible d'ici. Jeremy traversa les différentes pièces, balayant les murs et le sol du rayon de sa torche.

Le salon, situé sur le devant, était lui aussi à moitié vide. Il y avait eu un piano ou une commode contre le mur. Restaient quelques chaises aux accoudoirs de bois, en piteux état. Le papier des murs était taché et jauni, semé de rectangles pâles indiquant la place d'anciennes photographies. Il n'en subsistait qu'une, légèrement de travers, une photo de famille.

Il n'y avait rien à voler. L'objet le plus précieux était sans doute le couvre-lit de dentelle qui, au second examen, s'avéra complètement mangé aux mites. Jeremy revint dans le salon. Il n'espérait certes pas trouver l'argenterie de la famille ni des liasses de *colones*, leurs dollars à eux, dans le tiroir de la table, mais il pouvait toujours regarder. Il avait eu raison de ne pas se faire d'illusions : le tiroir contenait deux serviettes en papier et un *dime* – une pièce de dix *cents* américains. Tout en refermant le tiroir, il leva le rayon lumineux qui tomba sur le cadre de l'unique photographie. Jeremy s'approcha, braquant la lumière sur le verre.

Il sursauta comme si une main s'était abattue sur son épaule. La photo représentait un vieil homme au visage ridé et une robuste vieille femme derrière lesquels se tenaient trois jeunes gens, dont l'un, très brun, aux traits anguleux, était d'une maigreur d'araignée. Jeremy ferma les yeux et les rouvrit, n'osant croire à ce qu'il voyait. Il pensa : il faut que je sorte d'ici en vitesse. Il est peut-être trop tard. Il y a peut-être quelqu'un dans la maison à présent, un des trois frères...

Il éteignit sa torche, et tendit l'oreille. Rien. Il retourna dans l'entrée, le cœur battant, le front inondé de sueur. Ouvrir la porte d'entrée... Il ne pouvait s'y résoudre. Une fenêtre alors? Le pire, bien sûr, était de passer par-derrière. Le terrain vague était sombre, vide, désolé. Bien que l'Avenida 11 parût déserte, la porte du devant était encore sa meilleure chance. Il lui aurait fallu une arme. Un tisonnier? Il ne faisait jamais assez froid dans ce pays pour allumer du feu. Il avança à tâtons jusqu'à la cuisine, ouvrit la porte et hurla, plaquant trop tard sa main sur sa bouche.

Quelque chose de grand et de maigre se rencognait entre l'évier et un placard. Jeremy braqua sa lampe. Ce n'était qu'une grande plante en pot, désséchée, noircie, morte. Un bout de tuyau en fer terminé par un robinet traînait sur l'égouttoir. Jeremy s'en empara.

Tenant fermement son arme, il poussa la porte d'entrée. Il n'y avait personne dehors, aucun bruit, pas d'ombre immobile ou mouvante. Une voiture, en feux de position, glissa lentement le long de l'Avenida 11 et tourna dans une rue transversale. Les dix minutes qu'il fallut à Jeremy pour sortir du quartier et trouver un taxi furent parmi les plus longues de sa vie. Il était convaincu qu'un des frères de Manuel l'attendait accroupi sous un porche, ou le suivait en guettant l'endroit propice...

La bicoque dont il sortait avait été autrefois celle des parents de Manuel. Elle était sans doute en vente, à présent : Manuel avait offert à sa mère une maison plus agréable. Jeremy comprenait tout, et aussi comment on l'avait amené là, mais il ne poussa pas ses réflexions avant d'être bien en sécurité dans un taxi. Pas de marchandages sur le prix de la course, cette fois.

Pourquoi Manuel avait-il fait cela? Parce que Jeremy lui avait volé 320 dollars, sans aucun doute. En tout cas, Manuel avait raté son coup. Peut-être ses frères et lui l'attendaient-ils plus tôt ou plus tard; peut-être s'étaient-ils trompés de date. Ou bien Manuel avait-il simplement voulu le mener en bateau et savourer sa déception de ne rien trouver à voler dans la maison. Après tout, ce pouvait être de sa part un canular, une simple blague.

Jeremy se sentit soulagé à cette idée. Si Manuel avait simplement voulu lui donner une leçon, c'était gagné. Jamais plus Jeremy n'empocherait une clé qui traînait. Sa peur refluait à chaque tournant qu'empruntait le taxi pour le rapprocher du *Latinoamericana.* Tout allait bien, il était en sécurité à présent, il saisissait même l'aspect comique de l'aventure : son cambriolage ne lui rapportait qu'un vieux robinet de fer.

A la réception, il demanda sa clé. Le préposé lui dit qu'il ne l'avait pas laissée en partant, et Jeremy se mit à fouiller ses poches. Elle n'y était pas. Il pensa d'abord qu'un pickpocket l'en avait délesté. Mais non. Quelqu'un avait dû venir à l'hôtel pendant qu'il était sorti et prendre la clé. On pouvait facilement atteindre les casiers en étendant le bras au-dessus du comptoir pendant que le réceptionniste avait le dos tourné ou s'occupait d'un autre client.

Le préposé trouva un double de sa clé et le fit accompagner par un vieux groom ratatiné. La porte était verrouillée. Le groom se baissa et ramassa sur le plancher quelque chose que le bas de la porte avait en partie dissimulé.

– Votre clé, *señor*.

Jeremy commençait à se sentir nettement allergique aux clés. Il renvoya le groom. Pouvait-il avoir laissé lui-même tomber sa clé à cet endroit? Dès qu'il fut entré, il cessa de se poser la question. La chambre était sens dessus dessous. Il s'assit sur la chaise en osier et contempla la pagaille. La literie était empilée en tas, le matelas plié en deux pendait hors du lit, tous les tiroirs de la coiffeuse-faisant-office-de-bureau avaient été renversés. Son unique bagage, un sac à fermeture éclair, avait été vidé. Tout ce qu'il contenait, une paire de jeans de rechange, un sweater, une trousse de toilette et une demi-bouteille détaxée de liqueur de café, était éparpillé sur le sol. Mais rien n'avait été abîmé ni saccagé. Et il ne lui manquait rien. Vraiment rien ?

Le coin d'une enveloppe dépassait de dessous le sweater. Jeremy lut la mention qu'elle portait et se souvint. « Tendres pensées, Lupe. » Il lui avait expliqué qu'on ne disait pas comme ça. On disait « Affectueusement », ou « Amitiés de ». L'enveloppe contenait une cassette de chansons sentimentales latino-américaines qu'il n'avait même pas pris la peine de sortir de son sac en revenant d'Hacienda Alameda ce fameux soir...

Et bien sûr, elle y était restée. Jeremy avait horreur de cette musique sirupeuse. Lorsqu'il avait refait son sac, la cassette était encore dedans, entourée de papier de soie rouge, se rappelait-il, et enfermée dans cette enveloppe. En tout cas, si c'était la cassette que les mystérieux visiteurs voulaient, il la leur laissait volontiers. Mais qu'en auraient-ils fait ? Jeremy hissa le matelas sur le lit. Il se sentait mal à l'aise. Ses mains tremblaient et un muscle tressautait sur son front. Il aurait aimé boire un verre, mais le bar était fermé depuis longtemps. Il déboucha la bouteille de liqueur de café, s'arrêta : et s'ils avaient mis quelque chose dedans ?

Toute cette affaire n'avait-elle été montée que pour récupérer une cassette que Lupe lui avait donnée ? Bien sûr que non. Et pas davantage parce qu'il avait dérobé 320 dollars, c'était clair à présent. Manuel se vengeait parce qu'il avait volé Lupe. Il avait sans doute mis en scène le vol des

320 dollars. Ce n'était pas normal, même pour un homme très à son aise, d'être aussi négligent avec son argent...

A présent Jeremy était trop effrayé pour ne pas boire la liqueur de café. Un peu abruti par l'alcool, il se coucha, non sans avoir auparavant poussé le lourd bureau contre la porte. Un bruit qui lui parut venir de la chambre le réveilla et il sauta du lit en criant. Mais ce n'était rien, juste les gens de la chambre voisine qui rentraient tard. La gueule de bois due à la liqueur commençait à cogner dans son crâne. Il n'avait pas d'aspirine, et n'osa pas sortir de la chambre pour aller en demander.

Dieu merci, il rentrait à Miami le jour même. Il ne quitta pas l'hôtel. Il prit son petit déjeuner dans la salle à manger, malgré le prix, et passa le reste de la matinée affalé sur le canapé de cuir en face de la réception, lisant un des rares livres en anglais que possédât le *Latinoamericana,* un James Cain en poche. Il n'arriva rien de fâcheux. Il sauta comme un diable de sa boîte quand une voix chuchota son nom à son oreille. Ce n'était que Carmen, le guide.

– Le car pour l'aéroport part à 13 heures précises. Bon voyage!

Pourrait-il recommencer à travailler pour Manuel? Il était probable que Manuel ne dirait pas un mot de sa mésaventure et voudrait faire une croix sur le passé, selon sa propre expression. Il restait trois longues heures avant l'arrivée du car. Il avait fini *Le facteur sonne toujours deux fois* et en était réduit à lire des dépliants touristiques. Il ne se soucia pas de déjeuner. Ce n'était qu'une occasion de plus de dépenser de l'argent.

Personne n'applaudit ni ne tapa des pieds quand l'avion amorça sa descente sur Miami. Mais

Jeremy se sentit le cœur plus léger. D'abord, les services de l'immigration lui accorderaient certainement un nouveau séjour de six mois aux Etats-Unis. Son dernier permis était expiré depuis longtemps, mais il avait ôté le petit papier agrafé à son passeport et il dirait qu'il était tombé et qu'il n'avait pas pu le retrouver. Le coup avait déjà marché une fois à son retour du Mexique. Se savoir en règle, même pour un court moment, lui donnait une sensation de sécurité.

Il parvint au bureau des douanes. Les douaniers fouillaient surtout des jeunes revenant d'Amérique du Sud après un court séjour, Josh le lui avait dit. Aussi ne s'inquiéta-t-il pas quand le douanier vida entièrement son sac. Tout au plus fut-il légèrement surpris de l'examen attentif dont sa trousse de toilette faisait l'objet.

Il y avait une fente dans la couture du bas. Le douanier y glissa les doigts d'abord, puis la main entière et ressortit de l'intérieur de la doublure un paquet enveloppé de papier de soie rouge. Le papier rouge, qui avait entouré la cassette de Lupe, se déplia, révélant son contenu, une fine poudre blanche d'aspect cristallin.

Jeremy n'en avait jamais vu auparavant, mais il savait ce que c'était. Il eut une brève pensée pour la nouvelle voiture tous les ans, pour l'Hacienda Alameda, puis revint à lui-même. Il n'avait pas à craindre de voir écourter son séjour aux Etats-Unis. Il était là pour longtemps.

The Whistler
Traduction : Françoise Bouillot

VOLUBILIS

– Est-ce que ce sont tes vrais cheveux, chérie ?

Sybil se contenta de rire, espiègle.

– Je me doutais bien que ce n'était pas possible, continua Trixie, ils ont l'air si épais.

– L'autre jour, dans la rue, une femme s'est arrêtée pour me demander l'adresse de mon coiffeur. Je l'ai regardée bien en face, et j'ai juste tiré sur ma perruque, comme ça... tu aurais vu sa tête ! dit Sybil dans un nouvel éclat de rire.

Trixie eut un sourire crispé. Elle était venue passer une semaine chez Sybil, et c'était leur première soirée. Sybil avait acheté un cottage dans le Devonshire. Et Trixie, qui ne l'avait pas revue depuis deux ans, décelait chez elle des signes de décrépitude. Quel dommage ! Sybil s'enquit de la santé de leurs amis communs. Comment allait Mivvy ? Trixie voyait-elle encore les Fisher ? Et comment allait Poppy ?

– Poppy devient un peu bizarre, dit Trixie.

– Comment ça, « bizarre » ?

– Tu sais bien. Bizarre ! Elle n'a plus toute sa tête.

Si quelqu'un devait comprendre ce que signifiait « bizarre », c'était bien Sybil, pensa Trixie.

– On ne rajeunit pas, c'est sûr, lança Sybil, toujours riant.

Trixie dormit mal, cette nuit-là. Elle se leva à 5 heures et fit sa toilette, afin de libérer la salle de bains pour Sybil. A 7 heures, elle lui monta une tasse de thé En entrant dans la chambre, elle poussa un petit cri et faillit lâcher le plateau.

– Oh, mon Dieu! Excuse-moi chérie, j'ai cru qu'un écureuil était rentré par la fenêtre et s'était assis sur la commode.

– Qu'est-ce que c'était que ce boucan en pleine nuit?

Quand elle ne riait pas, Sybil pouvait être franchement acariâtre, et sans sa perruque, elle avait l'air centenaire.

– Ça m'a réveillée, j'ai cru que la citerne avait débordé.

– En pleine nuit! C'est la meilleure! Le soleil était levé au moins depuis une heure, je t'assure. J'ai justement pris un bain à ce moment-là pour ne déranger personne.

Elles sortirent avec la voiture de Sybil, déjeunèrent à Dawlish, et prirent le thé à Exmouth. Le lendemain, elles se mirent en route de bonne heure et sillonnèrent la lande de Dartmoor. A leur retour, elles trouvèrent sur le paillasson une lettre de Mivvy pour Trixie, qui n'était pourtant partie que depuis deux jours. Le vendredi, Sybil décréta qu'elles feraient un petit tour au village : l'église était célèbre, les jardins du château ouverts au public, et une exposition se tenait dans une petite galerie intéressante. Sybil se préparait à prendre la voiture quand Trixie proposa d'y aller à pied; il y avait à peine plus d'un kilomètre à parcourir. Sybil répliqua qu'il y en avait en fait presque deux, mais qu'elle acceptait si Trixie y tenait vraiment. De toute façon, son genou ne la gênait pas trop ces derniers temps.

– La galerie s'appelle *Artifacts*, dit Sybil, et elle est tenue par un jeune couple charmant.

– Une sorte de couple-équipe? s'enquit Trixie, résolument moderne.

– Ils s'appellent Jimmy et Judy. Je ne pense pas qu'ils soient réellement mariés.

– Grand Dieu, Sybil! Comment peut-on être « réellement » marié? On est marié ou on ne l'est pas.

Trixie, elle, avait été mariée une fois – très brièvement – bien des années auparavant. Mais pas Sybil, ni, d'ailleurs, Mivvy ou Poppy; Trixie y voyait un rapport avec le fait qu'elles deviennent toutes bizarres.

– Dieu merci, je suis large d'esprit. Je ne ferai donc aucune remarque. Je crois qu'il y a un siège, là-bas dans l'abri-bus. Tu veux t'asseoir une minute avant de continuer?

Sybil ayant repris son souffle, elles poursuivirent leur chemin, à un rythme plus lent. La route serpentait entre deux haies massives plantées sur de hauts talus couverts de fleurs sauvages. Un petit pont en dos d'âne leur fit traverser un ruisseau où une eau brune et limpide ricochait en gazouillant sur un lit de galets. L'église apparut. La nef et le clocher de granit se dressaient sur une éminence, et Sybil assura qu'il fallait gravir cinquante-sept marches pour y accéder. Elle suggéra d'aller d'abord chez *Artifacts*.

La galerie était installée dans une vieille maison aux fenêtres en saillie, dont l'entrée était surmontée d'un portique géorgien. Un carillon avertissait les propriétaires dès que l'on poussait la porte. Ce matin-là il n'eut personne à prévenir, car tous deux se trouvaient déjà dans le magasin, Judy époussetant une maison de poupée et Jimmy bricolant les spots du plafond. Sybil fit les présentations. Trixie se montra aussi charmante avec Judy que si celle-ci avait porté une alliance au doigt.

La qualité des objets vendus par Jimmy et Judy, ainsi que l'exposition, la surprirent agréablement. Elle admira particulièrement les petits tableaux de broderie représentant des scènes domestiques, les couvertures en patchwork et les vases de verre soufflé, couleur de nacre et d'aile de papillon. Mais ce qui lui plut par dessus tout, et qu'elle décida d'acquérir, ce fut une des pendules.

Il y en avait quatre, toutes différentes. Les boîtiers, de céramique lisse et brillante, ou bien treillissée, émaillée de bleu et de vert et décorée de fleurs ou de lunes et d'étoiles peintes abritaient tous des mécanismes à quartz, et une fine dorure soulignait le cadran. Celle que Trixie préférait était en émail bleu recouvert d'un délicat treillis vert, sur lequel s'enroulait un volubilis avec ses feuilles arrondies et ses fleurs rose pâle en forme de trompette. Les aiguilles étaient bleu et or, et le cadran cerclé d'or. Le volubilis lui rappelait le motif de son plus beau service à thé en porcelaine. Une étiquette de prix sur laquelle était collée une pastille rouge accompagnait chaque pendule.

– J'aimerais acheter celle-ci, dit Trixie.

– Je suis vraiment désolée, lui répondit Judy, mais elle est déjà vendue.

– Vendue ?

– Nous avons vendu toutes les pendules le soir du vernissage. Vous savez, ce que fait Roland Orme est à la mode. Ses pendules sont très recherchées, et il refuse de les exécuter sur commande.

– Ça ne me dit toujours pas pourquoi je ne peux

pas acheter celle-là, reprit Trixie. Nous sommes bien dans une boutique, non!

– Tu vois bien la pastille rouge, là? intervint Sybil, qui avait retrouvé son air acariâtre. Tu sais ce que ça veut dire.

– A la *Royal Academy*, bien sûr, mais ici, ça n'est sûrement pas la même chose.

– Je voudrais pouvoir vous céder cette pendule, s'excusa Judy, mais vraiment, c'est impossible.

Trixie haussa les épaules. Sa déception fut telle qu'elle regretta d'être venue. Elle avait eu l'intention d'acheter une petite poire de bois sculpté pour Sybil, mais se ravisa. Quant à l'église, elle s'avéra minuscule, sombre, délabrée, et sentant terriblement le moisi.

– Je me demande où on va si les commerçants se mettent en tête de ne plus vous vendre parce que votre tête ne leur revient pas.

– Il ne s'agit pas de ça! protesta Sybil, essoufflée. C'est plutôt que sa réputation ne lui permet pas de te vendre un objet déjà cédé.

– Sa « réputation », c'est la meilleure!

– Je te parle de sa réputation de commerçante. La galerie est très bien considérée dans la région.

– J'aurais cru qu'elle et son... disons, partenaire, montreraient plus d'empressement à encaisser 62 livres. Je suppose qu'ils ne roulent pas sur l'or.

Ce qu'aurait cru Sybil, elle, personne ne le sut, car elle était trop essoufflée pour pouvoir articuler un seul mot, et dut s'allonger en rentrant.

Une autre lettre de Mivvy arriva le lendemain.

– Rien de neuf, bien sûr, commenta Trixie au petit déjeuner. C'est pratiquement la copie conforme de la lettre de jeudi. Mivvy devient vraiment bizarre. Est-ce que tu te rends compte qu'elle m'a affirmé écrire parfois jusqu'à cinquante lettres par semaine? Je lui ai dit : « Mivvy, tu peux remercier le ciel d'en avoir les moyens! »

Elles se rendirent à Princetown, puis à Widecombe-in-the-Moore, avec la voiture de Sybil. Trixie envoya des cartes postales à Mivvy, à Poppy, aux Fisher, et à la femme qui faisait le ménage et arrosait les plantes en son absence. Il lui fallait encore s'occuper du cadeau pour Sybil, avant de partir. Une plante aurait suffi, mais Sybil n'avait pas la main verte. Elles allèrent visiter une réserve d'oiseaux, et voir des grandes pierres dressées vers le ciel qui remontaient au moins au déluge. Trixie devait repartir mardi après-midi. Ce matin-là, elle reçut encore une lettre de Mivvy, racontant en détail l'expédition des Fisher à Leighton Buzzard, où la Reine Mère avait inauguré un nouveau centre culturel. Les Fisher nourrissaient une véritable passion pour la Reine Mère. Ils connaissaient à l'avance tous ses rendez-vous et étaient prêts à se déplacer dans un rayon de deux cents kilomètres pour l'apercevoir ne serait-ce qu'une seconde. Une fois, ils avaient réussi à se placer au premier rang des curieux, et la Reine Mère avait serré la main de Dorothy Fisher.

– On ne rajeunit pas, gloussa Sybil.

– Une chose est sûre, en tout cas, fit Trixie, depuis que je suis là, les journées ont filé sans que je m'en rende compte.

– Je suis contente que ton séjour ait été agréable.

– Oh oui! ne t'inquiète pas. Je voudrais seulement te voir un peu moins fragile.

Trixie se rendit toute seule à pied au village. Puisqu'elle n'avait pas d'autre idée, il lui fallait se résoudre à acheter la petite poire sculptée pour

Sybil. La matinée était chaude et ensoleillée – une des plus belles qu'elle ait eues jusqu'à maintenant – et la porte d'*Artifacts* était grande ouverte. Les pendules se trouvaient toujours là, avec leurs petites pastilles rouges. Un rayon de lumière dorée passait des couvertures de patchwork à la maison de poupée géorgienne. Aucune trace de Jimmy ou Judy. La galerie était déserte.

Trixie ouvrit et ferma plusieurs fois la porte pour faire tinter le carillon. Puis elle prit une des petites poires de bois et la tint à bout de bras, exactement comme elle avait l'habitude de faire au supermarché, pour qu'en aucun cas on ne puisse la soupçonner de vol. Toujours personne. Trixie monta les escaliers, la poire bien en évidence, et toussa ostensiblement. En haut tout était désert. Un persan bleu dormait sur une étagère entre un pot de gingembre et une grosse tasse décorée d'un hibou. Trixie redescendit. Elle manœuvra à nouveau la porte pour faire sonner le carillon. Jimmy et Judy formaient un couple bien insouciant, songea-t-elle; n'importe qui pouvait entrer et dévaliser la boutique sans être dérangé.

Evidemment, elle pouvait laisser un billet de 5 £ et partir avec la poire. Celle-ci coûtait 4 £ 75. Mais pourquoi aller leur faire cadeau de 25 pence parce qu'ils étaient trop paresseux pour la servir? Tout à coup, elle se souvint que lors de sa visite avec Sybil, la porte au bout du couloir était ouverte. Elle avait aperçu de l'autre côté un jardin où étaient exposés des pots de terre cuite. Jimmy et Judy s'y trouvaient sûrement, occupés avec un client.

Trixie traversa l'arrière-boutique, suivit le couloir, et poussa la porte entrebâillée. Judy se trouvait là, profondément endormie dans un fauteuil en rotin, au milieu de la pelouse. Un grand registre avait glissé de ses genoux et gisait dans l'herbe, à proximité d'une pile de livres. Visiblement des ouvrages de management et des livres de compte. La scène lui rappela son amie Poppy, qui avait l'habitude parfois très gênante de s'endormir en plein jour, n'importe où, à table, ou même en attendant le bus. Judy, elle, s'était endormie sur sa comptabilité. Trixie toussa.

– Excusez-moi, fit-elle d'une voix forte.

Judy ne bougea pas.

Quelle manière de gérer ses affaires ! Ce serait bien fait pour eux si quelqu'un entrait et dévalisait le magasin. Ça leur servirait de leçon. Trixie referma soigneusement la porte derrière elle. Refaisant le chemin en sens inverse, elle se surprit à marcher sur la pointe des pieds. Arrivée dans la boutique, elle prit la pendule au volubilis sur son étagère et la fourra dans son sac. Elle eut soin d'emmener aussi l'étiquette du prix avec sa pastille rouge, pour ne pas attirer l'attention sur la disparition de la pendule. La petite poire en bois retrouva sa place parmi les autres fruits sculptés.

Dehors, la rue paraissait déserte. Le cœur de Trixie battait à se rompre. Elle traversa et entra chez le marchand de journaux, qui vendait également des cadeaux et des souvenirs, et acheta une nappe décorée de la carte du Devonshire pour Sybil. Sur le point de ressortir, elle aperçut Jimmy qui se dirigeait vers la galerie, un sac de provisions sous le bras et deux litres de lait à la main. Elle resta clouée sur place jusqu'à ce qu'il ait disparu dans la galerie.

Elle appréhendait la promenade du retour, mais il n'y avait pas moyen d'y couper. A la hauteur du petit pont, elle entendit un bruit de sabots derrière elle, et s'imagina un instant être poursuivie par des cavaliers. Mais ce n'était qu'une petite fille sur un gros poney blanc, qui la dépassa. La nappe fit rire Sybil, qui remarqua que c'était un drôle de cadeau à faire à quelqu'un qui vivait précisément dans le Devonshire. Trixie se sentait nerveuse, et ne put rien avaler de son déjeuner. A l'heure qu'il était, Jimmy et Judy devaient avoir découvert la disparition de leur pendule, et le marchand de journaux se souviendrait de cette femme qui jetait des regards furtifs par la porte de sa boutique. Sûrement il la leur décrirait, et la police n'allait pas tarder à arriver. Si seulement Sybil se dépêchait avec la voiture! Elle se déplaçait si lentement, le temps ne signifiait rien pour elle. A cette allure, Trixie ne pouvait que rater le train à Exeter.

Elle eut son train, de justesse. Pendant le trajet, la voiture de Sybil avait été suivie sur plusieurs kilomètres par une Rover avec un gyrophare bleu, et Trixie s'était sentie défaillir plus d'une fois. Qu'est-ce qui lui avait pris? Pourquoi avait-elle emmené quelque chose sans payer, elle qui au supermarché tenait à bout de bras le moindre pot de yaourt à 17 pence? Mais à présent qu'elle se sentait en sécurité dans ce train qui filait vers Paddington, elle commençait à voir la situation sous un jour différent. Si seulement Judy et Jimmy l'avaient écoutée, elle l'aurait payée, cette pendule! A quoi s'attendaient-ils donc en refusant ainsi de céder des objets offerts à la vente? Et surtout à quoi s'attendaient-ils en laissant leur boutique sans surveillance? L'espace d'un instant, elle eut de nouveau la nausée à l'idée que la police l'avait peut-être précédée chez elle. Mais ce n'était pas le cas. La maison était exactement telle qu'elle l'avait laissée, si ce n'est que Poppy avait déposé un litre de lait dans le frigidaire, et que quelqu'un avait arrangé un bouquet de dahlias dans un vase – certainement pas Poppy, qui ne distinguait pas un dahlia d'un haricot d'Espagne.

Trixie trouva rapidement l'endroit idéal pour la pendule, sur la console où trônait une photo de Dorothy Fisher et elle à Broadstairs en 1949. Elle ôta la photographie et la rangea dans un tiroir. La pendule prit sa place. Elle faisait bon effet, transfigurant ce coin plutôt triste de la pièce. Trixie posa ensuite une des tasses de son service à thé à côté de la pendule et s'émerveilla de voir combien les deux objets étaient assortis.

Mivvy passa le matin suivant à la première heure. Avant de lui ouvrir, Trixie s'empara de la pendule et la fourra dans le tiroir avec la photographie. Juchée sur la console, elle paraissait clamer son histoire à chaque tic-tac.

– Comment as-tu trouvé Sybil?

Trixie voulut répondre : « Eh bien, j'ai donc pris le train jusqu'à Exeter, et à la gare, Sybil m'attendait avec sa voiture... », mais si elle commençait à taquiner Mivvy, Dieu seul savait comment cela risquait de finir. Elle se contenta de dire :

– Très fragile, mon chou; et puis, elle commence à devenir un peu bizarre.

– Il faut que je lui envoie un mot.

Mivvy parlait toujours de ses lettres comme si elles détenaient quelque propriété curative. Le seul fait d'en recevoir une vous immunisait pour l'hiver. Une fois Mivvy partie, Trixie pensa un instant remettre la pendule sur la console, mais se ravisa. Il valait mieux qu'elle reste un moment dans son tiroir. Elle avait lu quelque part un article sur ces millionnaires sud-américains qui organisent le vol de tableaux de maîtres, qu'ils ne peuvent montrer à personne et sont obligés de garder cachés à jamais dans leurs chambres fortes.

Peu de temps avant Noël, Trixie reçut une lettre de Sybil. Elles s'écrivaient toujours au moment des fêtes, car d'après Trixie, si on pouvait ne pas trouver le temps de s'écrire tout au long de l'année, à Noël c'était impardonnable. Mivvy, quant à elle, envoyait des centaines de lettres par an. Sybil ne mentionnait pas le vol de la pendule ni, d'ailleurs, la galerie. Trixie s'en étonna. La pendule était toujours dans son tiroir. La nuit parfois, elle y pensait : incapable de s'endormir, elle s'imaginait percevoir son tic-tac à travers l'épais tiroir d'acajou, à travers le plafond et le plancher de sa chambre.

Curieusement, elle s'était mise à ne plus aimer le service à thé aux volubilis. Un jour, elle se retrouva à l'envelopper dans du papier de soie, et à le ranger dans le débarras sous l'escalier. Elle ôta aussi le treillage au-dessus de la porte d'entrée, et le remplaça par des fils de fer qui accueilleraient une clématite.

En mars, elle écrivit à Sybil afin de savoir s'il y avait une nouvelle exposition chez *Artifacts*. De longues semaines s'écoulèrent avant que Sybil ne réponde en racontant que plusieurs mois auparavant, une des pendules avait été volée, et quelques jours plus tard, un des tableaux brodés et des meubles de la maison de poupée avaient également disparu. Sybil ne lui en avait-elle donc pas déjà parlé ? Elle en était persuadée, mais ces derniers temps, elle devenait vraiment distraite.

Trixie sortit la pendule du tiroir et la remit sur l'étagère. A présent certaine de ne plus être découverte, elle se persuada par voie de conséquence qu'elle n'avait rien fait de mal. Les Fisher devaient passer prendre le thé avec Poppy. Trixie entreprit de déballer le service aux volubilis. Mais quand elle entendit claquer la portière de la voiture de Gordon Fisher, elle eut un mouvement de panique et la pendule disparut prestement dans le tiroir. Si elle était prise maintenant, elle risquait de se voir attribuer en plus le vol du tableau et des meubles de poupée. On l'accuserait de les avoir vendus, et comment prouver le contraire ?

Poppy s'endormit en mangeant son deuxième scone beurré.

– A chaque fois que je la vois, je la trouve plus bizarre, remarqua Trixie. C'est triste, vraiment. Sybil perd les pédales, elle aussi. Bientôt elle en oubliera son nom. Vous devriez voir ses lettres. Tenez, je vais vous montrer la dernière.

Elle se rendit compte aussitôt de son erreur. C'était beaucoup trop risqué. Elle prétendit l'avoir égarée.

– Est-ce que tu retourneras la voir cette année, chérie ? s'enquit Dorothy.

– Oh ! je pense que oui. Tu sais ce que c'est, on arrive à un âge où l'on se demande à chaque fois si ce ne sera pas la dernière.

Poppy s'éveilla dans un gargouillis, prétendit ne pas s'être endormie et termina son scone.

Gordon demanda :

– Est-ce que tu veux nous accompagner lundi ? Nous allons voir Sa Majesté inaugurer un nouveau centre de loisirs à Rayleigh.

Trixie déclina l'invitation. Les Fisher avaient des courses à faire et ils partirent, laissant Poppy, de nouveau assoupie. Elle dormit jusqu'à 6 heures et, à son réveil, demanda à Trixie si celle-ci avait mis quelque chose dans son thé. Ça n'était pas dans ses habitudes de s'endormir comme ça, affirma-t-elle.

Trixie la raccompagna jusqu'à l'arrêt du bus parce que les voitures déboulaient là-bas tellement vite qu'on avait intérêt à avoir toute sa tête pour traverser, d'autant plus que les gens ne respectaient plus les passages protégés comme autrefois. Trixie s'engagea sur la chaussée avec l'assurance d'un agent brandissant son bâton blanc, sauf qu'elle brandissait à la place sa propre vie.

Elle écrivit à Sybil qu'elle viendrait dans le Devonshire à la fin juillet, tout en se disant qu'une fois là-bas, le mieux serait d'inventer une excuse afin d'éviter les parages d'*Artifacts*. La pendule n'avait pas quitté son tiroir, enveloppée maintenant dans un vieux chiffon. Trixie ne supportait plus d'apercevoir ne serait-ce que sa couleur. Elle possédait une robe d'été du même bleu, et elle se demanda soudain ce qui lui avait pris de l'acheter; cette couleur allait peut-être très bien à la Reine Mère, mais pas à elle. Dorothy pourrait la récupérer pour sa prochaine vente de charité. Un jour qu'elle revenait de la poste, Mivvy fit une chute et se cassa la cheville. Elle mit des semaines à s'en remettre. D'ailleurs, autant regarder les choses en face, elle ne s'en remettrait jamais *vraiment*. Trixie écrivit à Sybil qu'on pouvait sans exagérer affirmer que c'était son obsession des lettres qui avait rendu Mivvy infirme. Sybil répondit qu'elle attendait avec impatience la dernière semaine de juillet. Et qu'était-il arrivé? Elle le lui donnait en mille. Eh bien, le voleur d'*Artifacts* s'était fait pincer en essayant de revendre le tableau à un receleur de Plymouth. Il avait soutenu devant le tribunal qu'il n'avait pas pris la pendule, mais on imaginait le peu de crédit que le juge avait accordé à cette affirmation!

Trixie déballa la pendule et la remit sur la

console. Le lendemain, elle sortit le service en porcelaine. Elle se demanda pourquoi elle avait mis tant de précipitation à arracher le treillage, qui était pourtant d'un bien meilleur effet que ces fils de fer accrochés à des clous. Mivvy arriva en taxi, remontant l'allée en claudiquant sur deux cannes après avoir refusé le bras du chauffeur.

– Tu vas chez Sybil demain ou après-demain, n'est-ce pas, chérie ?

Trixie se demanda combien de fois elle avait déjà répété que le départ était fixé au lundi suivant. Elle attendait que Mivvy remarque la pendule, mais à ce rythme-là elle en avait au moins jusqu'à Noël.

– Que penses-tu de ma pendule ?

– Quoi, là-bas ? Ça n'est pas ta cafetière en Wedgwood, chérie ?

Trixie dut descendre la pendule de sa console. Elle la fourra sous le nez de Mivvy et commença à lui expliquer ce que c'était. Ce que Mivvy savait déjà.

– Je vois bien que c'est une pendule, chérie. Ce n'est pas la première fois que j'en vois une comme ça. Mon Dieu, non ! Je peux même te dire que le jeune homme qui les fabrique est un ami de mon neveu Tony. Ils ont fait les beaux-arts ensemble. Voyons, comment s'appelle-t-il ? Ça va me revenir dans une minute. C'est un nom d'arbre, non ? Chêne ? Frêne ? Pierre Chêne ? Non, c'est Orme son nom. Machin-truc Orme... Roland Orme.

Trixie ne répondit rien. Sous ses doigts, la surface émaillée de la pendule était devenue glacée.

– Il n'en fait jamais sur commande, tu sais. Il en fabrique juste un nombre limité, pour quelques galeries bien choisies. C'est Tony qui me l'a dit. Je me demande où tu as acheté la tienne.

Trixie ne disait toujours rien. Le pire était encore à venir, elle le sentait. Elle attendit.

– Pas par ici, j'en suis sûre. Il n'existe que deux ou trois endroits dans le pays où l'on en trouve. Ça va me revenir. Je vais écrire à Tony demain; je lui dirai que tu possèdes une pendule de Richard – non, je veux dire Raymond, enfin, Roland. Je lui écris toujours le mardi; c'est son jour. Je préciserai que la tienne est décorée de liserons. Elles sont toutes différentes, tu sais. Il ne fabrique jamais les deux mêmes.

– Ce sont des volubilis, fit Trixie, pas des liserons. Je préférerais que tu ne parles pas de moi à Tony, si ça ne te dérange pas.

– Oh! mais j'aimerais lui en parler, chérie. Pourquoi? Je ne mentionnerai pas ton nom, si tu veux. Je dirai juste : « Cette dame qui va passer quelques jours chez Tante Sybil dans le Devonshire. »

Trixie insista pour raccompagner Mivvy jusqu'à la Grand-Rue. Trouver un taxi par ici était impossible. Elle s'empara des cannes de Mivvy.

– Prends mon bras, et je prendrai ta deuxième canne.

Les voitures roulaient à vive allure sur le passage protégé. On était vraiment à la merci de ces automobilistes, dit Trixie, la seule solution, c'était d'attendre, jusqu'à ce qu'ils condescendent à s'arrêter.

– Ne t'avise pas de poser le pied sur la chaussée avant qu'ils ne s'arrêtent, intima-t-elle à Mivvy.

Celle-ci s'exécuta, si bien qu'aucune voiture ne fit mine de ralentir. Un camion de déménagement arrivait dans un fracas assourdissant, mais se trouvait encore à une bonne distance. Trixie pensa qu'il roulait bien trop vite.

– Vite! Maintenant! dit-elle. Cours!

Surprise par le ton pressant, Mivvy obéit, ou plutôt tenta d'obéir, tandis que Trixie lui lâchait le bras et la poussait légèrement en avant. Le camion freina dans un hurlement déchirant semblable à celui d'un prisonnier qu'on torture. Trixie hurla en même temps, fit un bond en arrière, et se couvrit le visage de ses mains pour ne pas voir Mivvy passer sous les gigantesques roues.

Dorothy Fisher assura qu'elle comprenait parfaitement que Trixie veuille se rendre quand même en vacances chez Sybil. Du repos, un dépaysement complet, c'était ce qu'il lui fallait. Trixie prit le train le lendemain de l'enterrement. Elle emmenait la pendule avec elle, enveloppée dans du papier soie, puis dans sa robe bleu ciel. A la première occasion, elle retournerait à *Artifacts* pour la remettre sur l'étagère où elle l'avait prise. Détenir cette pendule était vraiment trop dangereux, Trixie s'en rendait bien compte. Comme ces diamants célèbres sur lesquels pèse une malédiction. Elle avait beau être jolie, c'était une pendule *maudite,* qui lui avait attiré des ennuis dès l'instant où elle s'en était emparée.

Il fut hors de question, cette fois, de se rendre jusqu'à *Artifacts* à pied. Sybil était bien trop faible pour cela. Elle avait beaucoup baissé depuis l'année précédente, et l'échange de la perruque grise contre une nouvelle dans les tons bleu-violet en était l'un des symptômes les plus significatifs. Elles prirent donc la voiture, bien que Trixie ne fût pas certaine que l'on puisse confier un volant à Sybil.

A peine dans la galerie, Trixie se rendit compte qu'elle n'avait aucune chance de remettre la pendule sans être vue. Dans la salle d'exposition, une dame souriante et boulotte trônait à présent derrière un bureau. Sybil précisa que c'était la mère de Judy. La situation stupéfia Trixie : une mère qui ne trouvait rien à redire à ce que sa fille cohabite avec un homme sans être mariée avec lui. Vivre avec une fille qui vit dans le péché, voilà à quoi cela revenait. Jimmy se trouvait dans la pièce à côté, juché sur une échelle, en train de s'occuper du loquet de la fenêtre.

– Ils sont en train de refaire l'étage, expliqua Sybil. Il ne faut pas y monter.

Lorsque Trixie se dirigea vers la porte donnant sur le jardin, elle lança :

– Hé! Tu veux qu'on t'accuse de violation de domicile? (Elle adressa un clin d'œil à la mère de Judy :) Ça n'est pas pour dire, mais on ne rajeunit pas, hein?

Elles rentrèrent. La pendule se trouvait toujours dans le sac de Trixie où elle pesait de plus en plus lourd. Trixie percevait son tic-tac à travers le cuir et les plis de la robe bleue. Dans l'après-midi, alors que Sybil s'était étendue sur le canapé pour sa sieste, la perruque mauve fichée sur un vase en porcelaine, Trixie sortit faire un tour, emmenant la pendule. Elle atteignit bientôt le pont en dos d'âne qui enjambait le ruisseau. L'eau y était peu profonde, car l'été avait été particulièrement sec. Elle déballa la pendule et la fit tomber par-dessus le parapet. Le boîtier se fendit, mais le treillis et le volubilis demeurèrent intacts. Pour autant qu'elle pouvait s'en rendre compte, le mouvement fonctionnait toujours et s'obstinait à tictaquer. Les bleus et les verts, les délicates fleurs roses et les dorures scintillaient dans l'eau, comme un coquillage exotique iridescent.

Trixie descendit sur la berge. Elle ôta ses chaussures et s'aventura dans une eau étonnamment froide. Elle ramassa une grande pierre plate, qu'elle abattit sur le cadeau. Prise d'une fureur incontrôlable, elle frappa et frappa encore, hoquetant et grognant à chaque coup. Le treillage vert, le ciel bleu, les fleurs roses, tout vola en éclat. Des éclats qui demeurèrent là, scintillants telles des pierres précieuses, exposés aux regards de tous ceux qui passeraient le pont.

Trixie s'accroupit, ramassa des poignées de galets, sous lesquels elle enfouit les restes de la pendule. De ses ongles, elle creusa un trou dans le lit du ruisseau, y poussa les fragments colorés, les recouvrit de galets. Ses mains saignaient, ses genoux étaient écorchés et sa robe trempée. En dépit de ses efforts, le ruisseau était encore parsemé d'éclats d'émail, de débris de verre et de morceaux de métal doré. Trixie se mit à sangloter et à ramper d'une rive à l'autre, labourant de ses mains les gravillons verts, bleus et or.

C'est là qu'un voisin de Sybil qui passait sur le pont en voiture la trouva, et la porta jusqu'à son véhicule.

– Tic-tac, disait Trixie. Tic-tac. La pendule au volubilis.

The Convolvulus Clock
Traduction : Renée Ziegler

DINGO

A la fin de la dernière représentation, après les rappels, le petit chaperon rouge m'a passé une laisse et nous sommes partis tous avec le reste de la troupe boire un verre au pub d'en face. Personne n'avait pris le temps de se démaquiller ou d'ôter son costume. Le *George* allait fermer. Je me souviens avoir traversé la rue en gambadant et avoir grogné en direction d'un vélo qui passait. Au pub, j'ai eu un franc succès – du moins auprès de quelques-uns des clients. La plupart cependant se sont montrés gênés. Il faut dire qu'à leur place, j'aurais sûrement été mal à l'aise moi aussi. J'aurais feint de ne pas *me* voir et, vidant mon verre, je serais parti aussitôt. A supposer, bien entendu, que je me sois trouvé là! Car il n'était pas dans mes habitudes de fréquenter ce genre d'endroit. Mais à l'intérieur de ma peau de loup, c'était différent; là-dedans, tout était différent.

Je rôdai dans le pub pendant un moment, parfois à quatre pattes – bien que ce ne soit pas chose aisée pour nous qui sommes habitués à la station debout – ou en faisant le beau, dressé sur mon arrière-train. Je m'arrêtai à certaines tables, fourrant mon museau dans les gâteaux d'apéritif des clients. En présence de fumeurs, je grondais et agitais les pattes comme pour écarter la fumée. Quelques-uns entrèrent dans le jeu, plaisantèrent en me caressant, ou simulèrent la frayeur à la vue de mes crocs et de mes petits yeux sournois. Je fis même la conquête d'une jeune femme qui s'empara de mon museau pour le poser sur ses genoux.

Puis je bondis vers le bar, où m'attendait un *sherry*, et j'entendis Bill Harkness (le 1er bûcheron) dire à Susan Hayes (la mère du petit chaperon rouge) :

– Eh bien, ce vieux Colin sort de sa coquille ce soir !

Et Susan, la chère âme, de lui répondre :

– Ça au moins, c'est un acteur !

Au sein de notre petit groupe, j'étais effectivement l'un des seuls à avoir du talent. C'est toujours comme ça, dans le théâtre amateur. On y trouve deux ou trois acteurs véritables, de ceux qui auraient pu vivre de leur art si la profession n'était pas si terriblement saturée. Et puis il y a les autres, qui jouent pour le plaisir ou pour se faire des amis. Avais-je envisagé une carrière sur les planches ? A vrai dire, mon père était fonctionnaire, mes deux grands-pères également, et aussi loin que je me souvienne, on avait toujours attendu de moi que j'entre à mon tour dans la fonction publique. Ce que je n'avais jamais remis en question. On n'éprouve pas le besoin de se révolter quand on a une mère comme la mienne, unique, une amie plus qu'autre chose. Elle a d'ailleurs toujours encouragé ma passion pour le théâtre – dans la mesure, évidemment, où il ne s'agissait que d'un passe-temps. Par exemple, notre troupe avait économisé pour pouvoir louer les costumes les plus élaborés de la pantomime que nous jouions à Noël cette année-là. Eh bien, Mère avait confectionné elle-même mon costume de loup, et il était dix fois plus réussi que ce que nous aurions pu trouver en location. Nous n'avions acheté que la tête, et Mère avait réalisé le corps et les pattes avec un morceau de fourrure grise synthétique à poils longs, dont on se sert pour fabriquer des manteaux.

Moira prétendait toujours que j'éprouvais autant de plaisir à jouer parce que ça me permettait de me laisser aller et d'entrer momentanément dans la peau de quelqu'un d'autre. Elle disait que je ne m'aimais pas, et que je cherchais à m'évader de moi-même. Drôles de propos à tenir à l'homme que l'on va épouser! Mais avant de parler de Moira, avant même de poursuivre ce récit, je me dois d'en expliquer le but. Le psychiatre responsable de cet établissement, ou qui du moins vient le visiter régulièrement – je n'ai pas encore réussi à tirer ce détail au clair – un Dr Vernon-Peak, m'a demandé de noter quelques-unes de mes impressions. Je lui ai répondu que cela ne serait possible que dans le cadre d'un récit. « D'accord, m'a-t-il répliqué, je n'y vois aucun inconvénient. » Ce qu'il en adviendra une fois achevé, je n'en sais rien. Sera-t-il considéré comme une déposition lors du jugement? Ou bien rejoindra-t-il les archives du Dr Vernon-Peak? Cela m'est égal, après tout. Je ne peux que raconter la vérité.

Lorsque le *George* a fermé, donc, nous sommes partis nous démaquiller et nous changer. Puis chacun est rentré chez soi. Mère m'attendait. Elle ne le faisait pas systématiquement. Si je lui disais que je rentrerais tard et qu'il valait mieux qu'elle se couche, elle obéissait toujours, mais moi, naturellement, je ne détestais pas qu'on m'accueille à mon retour, surtout après un triomphe comme celui de ce soir-là. J'étais d'ailleurs impatient de raconter à Mère combien je m'étais amusé au pub après la représentation.

Notre maison date de la fin de l'époque victorienne. C'est une construction de meulière grise, sans élégance mais confortable et solide. Mon grand-père l'a achetée à son retour des Indes en 1920, lorsqu'il a pris sa retraite. Mère avait 10 ans à l'époque, elle a donc passé quasiment toute sa vie dans cette maison.

Grand-Père était un excellent fusil, et un chasseur de gros gibier, bien avant que ce passe-temps ne devienne – à juste titre – l'objet d'une désapprobation générale. En conséquence, la maison regorgeait de trophées de chasse. Du vivant de Grand-Père – et il vécut fort vieux – nous dûmes nous accommoder, tant bien que mal, des défenses et andouillers de toutes sortes jaillissant de tous les murs, de la patte d'éléphant transformée en porte-parapluies et des gueules agressives de divers félidés et ursidés. « Sourions, et ne nous conduisons pas comme des ours mal léchés », avait l'habitude de dire Mère, qui a beaucoup d'esprit. Mais lorsque Grand-Père a fini par rejoindre ses ancêtres, nous avons descendu dans le plus grand respect toutes ces têtes et ces cornes et nous les avons soigneusement enfermées dans des malles. Seules les fourrures sont restées. Elles valent une fortune à présent, et j'ai toujours pensé que la peau de tigre étalée dans l'entrée, le léopard des neiges sur le sofa, et la grosse peau d'ours dans laquelle on peut fourrer ses doigts de pied devant la cheminée, confèrent un certain air de luxe à notre maison. Ce soir-là, je me rappelle, j'ôtai mes souliers et enfouis mes orteils dans la dépouille de l'ours.

Mère, bien sûr, avait assisté à la représentation. Elle était venue aussi à la première, et elle m'avait vu assaillir le petit chaperon rouge de façon si soudaine, que le public tout entier avait sursauté en retenant sa respiration (dans notre version, le loup ne devait pas dévorer le petit chaperon rouge; nous avions décidé qu'à l'époque de Noël, ce n'était pas une chose à faire.) Mère voulut me voir porter une fois encore sa création. Je la revêtis et fis de savantes cabrioles, ponctuées de quelques grognements. Je remarquai à nouveau avec surprise combien la peau de loup me libérait de toutes mes inhibitions. D'un bond, je fus sur le léopard des neiges et me mis à gronder d'un air menaçant. Je boxai son fin museau blanc et gris, et lui mordillai les oreilles. Puis je m'élançai à quatre pattes en direction de l'ours et lui sautai dessus, lui agrippant la gorge que je tins serrée entre mes mâchoires entrouvertes.

Mère n'en pouvait plus de rire. Elle déclara que c'était aussi bon que la pièce tout entière, et bien plus drôle que ce qui passait à la télévision.

– Petits biscuits en forme d'animaux, chantonnait-elle, flottez, flottez dans ma soupe... Dans mon enfance, il y avait une comptine comme ça, mais je ne me souviens plus bien de la suite... quelque chose avec des lions et des tigres qui dansaient comme des dingos...

– Tu sais, le dingo est une sorte de chien qui se rapproche du loup, lui fis-je remarquer.

– Et ça, on peut dire que tu es dingo! Quand tu portes ce costume, tu deviens complètement dingo!

Encore fallait-il que je le remette. En avais-je l'intention? Je ne m'étais même pas posé la question. Peut-être, après tout, à une fête costumée, par exemple. Une occasion bien improbable. Et pourtant, quel gâchis si je devais ne plus m'en servir et l'emballer comme les défenses et les andouillers de Grand-Père! Mère avait mis tant de cœur à l'ouvrage! Ce soir-là, je le rangeai dans mon armoire, et je me souviens encore de l'impression étrange qui m'envahit quand j'enlevai ma peau de loup pour la seconde fois de la soirée; je me sentis plus nu que jamais, presque comme si j'avais retiré ma propre peau.

La vie suivit son cours, désespérément quotidienne. Je me sentais désœuvré, sans plus de répétitions ni de rôles à apprendre. Puis ce fut Noël. Suivant la tradition, Mère et moi restions en tête à tête le 25 décembre, et pour rien au monde nous n'aurions voulu changer cette habitude, mais le lendemain, Moira se joignit à nous, et Mère invita un couple de nos voisins. A un moment donné, si je me souviens bien, Susan Hayes passa avec son mari pour nous transmettre ses « meilleurs vœux ».

Moira et moi étions fiancés depuis trois ans. Nous aurions dû être mariés depuis longtemps. Ce qui nous en avait empêchés n'était pas du tout une question d'ordre financier. Notre différend portait sur l'endroit où nous devions nous installer. Je peux affirmer en toute impartialité que le problème venait entièrement de Moira. Aucune mère n'aurait pu se montrer plus chaleureuse envers sa future belle-fille que la mienne. Elle désirait réellement que nous vivions tous ensemble à *Simla*, nous affirma que nous devions considérer cette maison comme la nôtre, et elle simplement comme notre gouvernante! Mais Moira voulait à tout prix que nous achetions un endroit bien à nous. Bref, la situation était au point mort.

Malheureusement, une fois les voisins partis, Moira ne trouva rien de mieux ce soir-là que de remettre le sujet sur le tapis. Son frère (qui est agent immobilier), lui avait parlé d'un bungalow à vendre, exactement à mi-chemin entre *Simla* et la maison de ses parents. Selon lui, c'était une « affaire à saisir ». Mère eut l'élégance – à *mon* avis – de détourner la conversation en évoquant la villa dans laquelle elle avait vécu petite fille en Inde, avec sa superbe véranda à colonnes, son jardin typiquement anglais et son beau figuier. Mais Moira l'interrompit :

– Nous parlons de *notre* futur, pas de votre passé. Colin et moi étions censés nous marier...

– Ce n'est plus le cas ? dit Mère, inquiète. Ne me dites pas que Colin a rompu ?

– Vous n'imaginez pas un instant que *moi* j'aie pu rompre.

Ma pauvre mère ne put s'empêcher de sourire à ces mots. Elle avait souri pour cacher son amertume. Moira avait le don de la bouleverser. Je ne sais pas pourquoi, Moira prit la mouche.

– Je suis trop vieille et moche pour avoir encore voix au chapitre dans ce domaine, c'est bien ce que vous voulez insinuer ?

J'intervins :

– Moira...

Elle ne fit pas attention à moi et continua :

– Vous ne vous en rendez peut-être pas compte, mais c'est à Colin que ce mariage rendra service. C'est ce dont il a besoin pour devenir un homme.

La réponse de Mère lui échappa certainement sans qu'elle s'en rende compte. Elle tapota le genou de Moira, et lui dit :

– Je réalise que ce ne sera sans doute pas une mince affaire, ma belle !

Il n'y eut pas de dispute. Mère ne se serait jamais laissée aller à cela. Mais Moira, vexée, déclara qu'elle voulait rentrer, si bien que je dus sortir la voiture pour la raccompagner. Durant tout le trajet, je dus subir la liste de mes torts et de ceux qu'elle imputait à ma mère. Lorsque nous nous séparâmes, je me sentis découragé et nerveux, et en arrivai à me demander si j'avais raison d'envisager le mariage à 42 ans passés, à « l'automne de ma vie ».

Mère avait fait un peu de rangement et s'était couchée. Je montai dans ma chambre et entrepris de me déshabiller. En voulant suspendre mon pantalon de tweed dans la penderie, j'aperçus la peau de loup et sur un coup de tête, je l'enfilai.

Une fois dedans, je me sentis plus calme, et même, plus heureux. Je me laissai tomber dans mon fauteuil, mais, au bout d'un moment il me parut plus confortable de m'accroupir puis de m'étendre de tout mon long sur le sol. Douillettement allongé devant le poêle à gaz qui me chauffait les flancs et les pattes, je me remémorai le mythe de Romulus et Rémus nourris par la louve romaine; la légende du loup-garou; les histoires d'enfants sauvages recueillis par des loups. Ma rêverie me permit d'oublier le différend entre Moira et ma mère, de me coucher l'âme en paix, et de bien dormir.

Après cela, il ne paraîtra sans doute pas si étrange et étonnant que j'aie enfilé le costume lorsque je me suis senti de nouveau déprimé. Mère était sortie. J'avais la maison pour moi seul, cette fois-ci. A 4 heures, la nuit tomba, mais au lieu d'allumer, je rôdai dans la pénombre, de pièce en pièce, apercevant parfois ma silhouette grise et souple dans les nombreux miroirs que Mère affectionne tant. Au milieu du bric-à-brac qui envahit notre maison, l'obscurité aidant, ce n'était plus le reflet d'un homme déguisé que je voyais, mais celui d'un vrai loup, égaré dans une sombre demeure victorienne. Ou bien était-ce l'image d'un loup-garou, partie animale de nous-même qui se détache et erre en toute liberté, laissant derrière elle son enveloppe humaine ?

Je rampai jusqu'au socle de teck de l'antilope et dévorai la pauvre créature avant même qu'elle ait pu entrevoir le danger. Puis je repris mon combat inachevé avec l'ours. Nous nous battîmes devant la cheminée, enlacés l'un à l'autre dans une étreinte féroce et poilue. C'est alors que j'entendis Mère rentrer par la porte de derrière; le temps avait passé plus rapidement que je ne l'avais cru. Ma queue et mes pattes postérieures disparurent dans le tournant de l'escalier au moment où elle pénétrait dans le hall.

Le Dr Vernon-Peak semble vouloir découvrir pourquoi j'ai commencé à me conduire de cette façon à 42 ans, ou plutôt, pourquoi je ne l'avais jamais fait avant. Si seulement je le savais... Bien sûr, je pourrais donner comme raison évidente que jusqu'alors, je n'avais jamais été en possession d'une peau de loup. Mais il y a plus que cela. Il est possible également que j'aie ignoré jusqu'alors la vraie nature de mes pulsions. Que je les aie partiellement satisfaites grâce à mon activité théâtrale. Autre chose encore, que je lui ai confié : je me rappelle avoir eu, dans ma petite enfance, un gros animal – un chien peut-être, ou un poney – auquel j'ai été très attaché. Ce bon docteur a tenté de sonder mon passé pour retrouver la trace de cet animal familier. En vain. Mais laissons cela pour l'instant.

Quoi qu'il en soit, ayant goûté à la vie dans une peau de loup, le besoin de recommencer se fit de plus en plus pressant. Debout sur mes pattes de derrière, atteignant ainsi ma hauteur normale, je peux dire en toute modestie que je faisais un animal superbe. Alors que j'écris ces mots, je réalise que je n'ai pas encore vraiment décrit mon costume, tenant pour acquis que ceux qui liront ce document le verront par la même occasion. Ce n'est peut-être pas le cas. Moi, on m'a refusé le droit de le revoir : je me demande d'ailleurs s'il a été nettoyé et rendu de nouveau présentable, ou bien s'il est encore... enfin, inutile d'entrer dans des détails peu ragoûtants.

J'ai déjà dit que le corps et les membres avaient été taillés dans une fourrure grise à poils longs, en elle-même assez grossière et qui, me semble-t-il, aurait été mal adaptée à la confection d'un manteau. Mais elle imitait à merveille la peau de loup. Mère avait exécuté les pattes comme des moufles; quant aux griffes, elles provenaient de gants de cuir dont les doigts avaient été sectionnés et rembourrés, pour les rendre durs. Nous avions acheté la tête dans un magasin de farces et attrapes : elle avait de grandes oreilles pointues, de petits yeux jaunes et une gueule extraordinaire, rouge et vorace, entrouverte sur une double rangée de crocs blancs. Mère avait pratiqué une ouverture afin que je puisse respirer à la jonction de la tête et de la puissante gorge de fourrure grise.

Avec l'arrivée du printemps, je pris l'habitude de me rendre à la campagne, de garer la voiture et d'enfiler ma peau de loup. Loin de moi le désir d'être vu, pourtant. C'est la solitude que je recherchais, quoiqu'une compagnie « animale » ne m'eût peut-être pas déplu. En tout cas, ce que je désirais alors, c'était rôder dans les bois et les taillis des alentours ou bien me tapir le long des haies dans ma peau et mon identité de loup. Je m'en donnais à cœur joie, choisissant les lieux les plus retirés, où il n'y aurait aucun danger d'entrer en contact avec les hommes. J'essaye, en écrivant tout ceci, de donner une idée claire de ce que j'éprouvais. En fait je ne me sentais plus humain. Ce qui signifie ne plus avoir de responsabilités ni de soucis humains. Dans ma peau de loup j'oubliais, en même temps que mon humanité, les appréhensions qui m'assaillaient à l'idée de me marier – ou de *ne pas* se marier –, ma peur de laisser Mère toute seule, ma colère, bien légitime, de ne pas avoir obtenu le premier rôle dans notre nouvelle pièce... Débarrassé de mon enveloppe humaine, je me métamorphosais en un animal sauvage, insouciant et sans entraves.

Une fois de plus, mon mariage avec Moira avait été retardé. La vente de la maison sur laquelle nous nous étions finalement mis d'accord, Moira et moi, nous échappa au dernier moment. Je mentirais si je disais que je fus très déçu. Notre nouveau domicile aurait été relativement proche de *Simla*, dans la même rue en fait, et curieusement cela m'avait plutôt inquiété. Comment aurais-je pu supporter de passer chaque jour devant ma chère maison, tout en sachant que je ne m'abriterais plus sous son toit familier ?

Moira, par contre, était furieuse.

– Il n'empêche, je ne vivrai pas sous le même toit que ta mère, ne serait-ce que pour trois mois, avait-elle rétorqué à une timide suggestion de ma part. C'est exactement ce qui nous mènerait à la catastrophe.

– Papa et Mère ont vécu avec les parents de Mère pendant plus de 20 ans, lui ai-je dit.

– Oui, et on voit le résultat...

C'est alors que Moira fit cette remarque sur le fait que si j'appréciais tellement de jouer la comédie, c'est que je n'aimais pas ma propre personnalité.

Nous étions revenus à la case départ. Il ne nous restait plus qu'à reprendre les recherches.

– Nous pouvons quand même aller à Malte, comme prévu, dit-elle alors. Je ne vois pas pourquoi cela tomberait à l'eau aussi !

Elle avait peut-être raison, mais ce ne serait plus une lune de miel. Jusqu'alors je m'étais gardé d'anticiper sur les délices du mariage, et je n'avais toujours aucune intention de le faire. Je restai sur la défensive lorsque Moira – Mère était de sortie pour sa soirée de brigde hebdomadaire – insista pour monter dans ma chambre, sous prétexte de vérifier la couleur de mon costume de marié tout neuf. Elle voulait m'acheter la cravate assortie.

Une fois en haut, elle s'étendit sur mon lit et se fit câline, m'enjoignant de venir m'asseoir à ses côtés. Mal à l'aise, j'eus soudain l'idée d'enfiler ma peau de loup. Je retirai mon veston – rien de plus, bien sûr, devant Moira – et me glissai dedans. Puis je mis la tête. Moira m'observait. Elle m'avait déjà vu dans ma tenue de loup auparavant, à l'époque où je la portais sur scène.

– Pourquoi as-tu ce machin ? demanda-t-elle.

Je ne répondis pas. Qu'aurais-je bien pu dire ? La félicité habituelle me gagnait, et je fis quelques cabrioles en direction du lit. Il me semblait soudain tout naturel de vouloir cajoler Moira, de frotter ma grande tête et mes oreilles pointues contre sa poitrine, d'enfermer ses mains dans mes grosses pattes. Une multitude de fantasmes emplissaient mon âme de loup, et ils étaient d'une intense et pénétrante douceur. Pour peu que nous nous soyons trouvés à Malte, lune de miel ou pas, aucune considération morale ne m'aurait alors retenu.

Mais Moira n'eut pas la même réaction que la cliente du *George,* et ne prit pas tendrement ma tête pour la poser sur ses genoux. Se levant d'un bond, elle me cria de cesser cette comédie absurde, de cesser immédiatement, elle détestait ça. Bien sûr, j'obéis à son injonction, et me débarrassai tristement de ma peau, qui regagna son placard. Je ramenai Moira chez elle. Sur le chemin nous fîmes un saut à l'agence de son frère pour jeter un coup d'œil sur les maisons à vendre.

Après un bon mois de tergiversations, nous tombâmes enfin d'accord sur l'une d'entre elles. La date du mariage fut fixée à la mi-décembre. Cette année, pour Noël, la troupe devait jouer Cendrillon, avec Susan Hayes dans le rôle principal et moi dans celui de la plus âgée des Méchantes Sœurs. J'avais calculé que je devais être de retour de notre lune de miel juste à temps.

J'aurais pu, sans aucun doute. Et sans aucun doute, je me serais marié, je serais parti en voyage de noces, et j'aurais pu revenir interpréter à temps mon rôle comique, si seulement je n'avais pas accepté d'aller faire des courses avec Moira le jour de son anniversaire. Ce qui se produisit ce jour-là bouleversa tout.

C'était un jeudi soir. Les boutiques du *West End* restent ouvertes tard le jeudi. Nous avions quitté nos bureaux respectifs à 5 heures pour nous retrouver à mi-chemin, et nous marchions paisiblement tous deux dans Bond Street. S'il y a quelque chose que je voulais éviter ce soir-là, c'était bien de recommencer nos éternelles prises de bec – quoiqu'il me semblât que nous n'ayons rien fait d'autre ces derniers temps. Nous étions à hauteur de Asprey, bras dessus bras dessous, et j'eus le malheur de mentionner notre lune de miel. En fait, le problème venait encore une fois de notre maison, qui ne serait prête à nous accueillir qu'à partir de la mi-janvier. Tout naturellement, je suggérai qu'au retour de Malte nous emménagions à *Simla* pour deux semaines. Il était de toutes façons prévu que nous y passerions les fêtes de Noël.

– Nous étions censés aller à l'hôtel, protesta Moira.

– Mais tu ne crois pas que ce serait du gaspillage ?

– Je crois, rétorqua-t-elle d'un ton acide, que c'est une somme que nous ne pouvons pas ne pas dépenser.

Et elle retira son bras du mien.

Je lui demandai ce qu'elle entendait par là.

– Si tu retournes une seule fois chez Maman chérie, tu n'en bougeras plus jamais.

J'accueillis ces mots avec le mépris qu'ils méritaient et ne répondis rien. Nous continuâmes notre promenade en silence. Puis Moira se lança à voix basse dans un monologue émaillé de termes de psychologie de bazar qu'au demeurant je n'ai heureusement jamais entendus dans la bouche du Dr Vernon-Peak. Nous traversâmes la rue pour entrer chez *Selfridger's*. Moira continuait à se répandre en absurdités sur le complexe d'Œdipe et son désir de faire de moi un homme.

– Moins fort, lui soufflai-je, tout le monde t'entend.

Elle me cria de me taire : elle dirait ce qu'elle voudrait. Elle voulait que j'agisse en homme ? Que je m'affirme ? Eh bien, c'est ce que je fis. Je me dirigeai vers un comptoir et lui signai un chèque, pour un montant qui, je dois l'avouer, était bien plus élevé que ce que j'avais prévu. Je le lui fourrai entre les mains et la plantai là.

Je me sentis assez content de moi pendant un long moment. Mais dans le train qui me ramenait à la maison, je commençai à broyer du noir. J'aurais aimé parler à Mère, mais elle était sortie jouer au bridge. J'eus alors recours à mon autre source de réconfort, à ma seconde peau. Pendant que je gambadais de pièce en pièce, le téléphone sonna plusieurs fois. Je ne répondis pas; je savais que c'était Moira. J'étais étendu par terre, l'aigle de Grand-Père entre les pattes et mes crocs plantés dans son cou empaillé, lorsque Mère entra.

La partie de bridge s'était achevée plus tôt que prévu. Une des dames avait été prise d'un malaise et on l'avait emmenée d'urgence à l'hôpital. Tout à ma tâche, je n'avais pas vu la lumière s'allumer ni entendu la porte s'ouvrir. Mère se tenait là, dans son vieux manteau de fourrure, et elle me regardait. J'abandonnai l'aigle de Grand-Père et courbai la tête, mortifié. Mais j'aurais dû mieux connaître ma mère. Ma chère et fidèle compagne, ma seule amie ! Et même, pourquoi ne pas ajouter mon autre moi-même !

Un sourire apparut sur son visage. J'avais du mal à le croire, mais elle m'offrait ce sourire merveilleux, complice, presque malicieux dont elle a le secret.

– Hello ! dit-elle. Tu es redevenu dingo ?

Une seconde plus tard, elle était à genoux à côté de moi, enveloppée dans son manteau de fourrure. Ensemble, nous nous acharnâmes sur l'aigle, nous luttâmes avec l'ours pour attaquer ensuite l'antilope. Puis nous bondîmes dans le hall afin de surprendre les tigres dans leur sommeil. Mère riait à perdre haleine, ne s'arrêtant que pour pousser quelques rugissements. Et elle répétait sans cesse : « Quel soulagement! quel soulagement! » Je crois me souvenir que nous sommes tombés dans les bras l'un de l'autre.

Le lendemain, lorsque je rentrai du travail, elle m'attendait, métamorphosée. Elle s'était confectionné un costume d'animal à partir de la peau du léopard des neiges et d'un reste de fourrure blanche. Elle y avait passé la journée. Je voyais à présent ses yeux briller à travers la fente de la gorge.

– Tu ne peux pas savoir combien j'ai attendu d'être à nouveau un animal! Je jouais à ça, quand tu étais bébé. J'ai d'abord été chien pendant toute une période, puis ours. Mais ton père a tout découvert, et il n'a pas apprécié. J'ai dû cesser.

Ainsi, c'était donc cela qui dormait au fond de ma mémoire. Je lui dis qu'elle ressemblait à la Reine des Animaux.

– Vraiment, Dingo?

Nous avons passé un week-end extraordinaire, Mère et moi. Loup et léopard, nous avons commencé par prendre notre petit déjeuner. Puis nous avons joué. Nous avons joué dans toute la maison, dansant ou luttant ensemble selon nos humeurs. ou bien chassant nos proies que nous traînions ensuite jusqu'aux tanières aménagées dans les recoins des meubles. Nous sommes allés à la campagne aussi, et là, dans une forêt, vêtus de nos peaux, nous avons erré librement des heures durant entre les arbres.

A aucun moment, pendant ces deux journées, nous n'avons songé à retrouver notre condition humaine; mais j'avais une répétition mardi, et mon travail, évidemment, dès lundi. Il fallut redescendre sur terre, reprendre pied dans la réalité. Le choc fut dur. Pourtant, même le retour à la réalité eut des côtés amusants. Dans le train, une dame me marcha sur les pieds, et j'émis instinctivement un grondement, aussitôt transformé en une toux plus naturelle.

Nous n'avions pas décroché le téléphone de tout le week-end. Mais au bureau, j'y fus bien obligé. C'est là que Moira finit par m'avoir au bout du fil. L'idée même de mariage me semblait maintenant très lointaine, grotesque. Le mariage, c'était bon pour les autres, pas pour moi. Les animaux ne se marient pas. Mais je ne pouvais pas expliquer à Moira. Je promis de la rappeler, et déclarai que nous nous verrions sans faute avant la fin de la semaine.

Elle dut alors me répondre qu'elle passerait le jeudi dans la soirée, pour me montrer ce qu'elle avait acheté avec l'argent que je lui avais donné. Elle savait que Mère avait l'habitude de sortir tous les jeudis soir. Sans doute m'a-t-elle dit tout cela, mais je n'y ai pas prêté attention. Plus rien ne comptait pour moi, si ce n'est d'être animal avec Mère, Dingo avec la Reine des Animaux.

Chaque jour, dès que je rentrais, nous nous apprêtions pour nos jeux du soir. Que tout cela était inoffensif, et innocent! Nous étions à l'image des créatures paisibles de l'aube de la création, avant la venue de l'homme! Nous étions dans le jardin d'Eden, après qu'Adam et Eve en avaient été chassés.

La dame hospitalisée la semaine précédente était décédée depuis, et la partie de bridge avait été annulée pour ce jeudi-là. Mais il est probable que Mère serait restée à la maison de toutes façons. Nos cabrioles animales avaient autant d'importance à ses yeux qu'aux miens – peut-être même plus, qui sait, pour elle qui en avait été sevrée si longtemps. Nous étions à table, et nous dînions. Mère avait préparé un collet d'agneau pour qu'après nous puissions ronger les os. Nous n'y avons jamais touché et je me suis demandé par la suite ce qu'il en était advenu. Mais nous avions entamé le potage. Le pain était de mon côté, avec la planche et le grand couteau aiguisé.

Moira avait l'habitude, après m'avoir appelé et s'être assurée de ce que j'étais bien seul, de se glisser dans la maison par la porte de derrière. Ni Mère ni moi ne l'entendîmes. Pourtant, je me souviens que Mère redressa sa noble tête une fraction de seconde avant que Moira ne rentre, et qu'elle montra les crocs tout en pointant ses oreilles. Moira ouvrit la porte de la salle à manger. Je vois encore son sourire complaisant se figer en l'amorce d'un hurlement. Elle portait ce qui de toute évidence était mon cadeau, un long manteau en peau de mouton blanche.

Et puis? C'est ce que le Dr Vernon-Peak tient particulièrement à savoir, mais je n'en ai que de très vagues souvenirs. Lorsque la porte s'est ouverte, je tenais le couteau à pain serré entre mes pattes. Je crois bien que j'ai émis un grondement sourd; j'étais prêt à bondir. Mais après, que s'est-il passé?

La dernière image qui me revienne, juste avant qu'on m'ait amené ici, c'est celle de ma fourrure tachée de sang et de deux sauvages prédateurs acharnés sur le corps de l'agneau.

Loopy
Traduction : Renée Ziegler

FEN HALL

Les enfants qui dessinent un arbre lui colorient toujours le tronc en marron, bien qu'en réalité il soit rarement de cette couleur. Les bouleaux sont argentés, les hêtres couleur d'étain, les platanes gris et jaune, les noyers noirs. Quant à l'écorce des chênes, des châtaigniers et des sycomores, elle est vert de lichen. Ce n'est qu'en venant à Fen Hall que Pringle remarqua tout cela. Les yeux une fois ouverts, après avoir vu les choses telles qu'elles étaient réellement, il aurait pu se mettre à peindre les écorces des arbres de différentes couleurs, mais de toute façon il arrêtait les cours de dessin au prochain trimestre. Comme il n'avait jamais été très bon et que d'ici là il aurait peut-être perdu toute envie de peindre – ou même de regarder – des arbres, ce n'était pas plus mal, après tout.

Mr Liddon les attendait à la gare dans un vieux break Volvo. Ils succombaient sous le poids de leur équipement de camping, la tente, les sacs de couchage, les casseroles, et un réchaud à gaz portatif au cas où il leur serait impossible de faire du feu. L'été était froid et gris, et le vent s'était levé ces derniers temps. Mr Liddon était un ami du père de Pringle, et bien que celui-ci ne l'ait jamais rencontré qu'une seule fois, des années auparavant, quand il était petit, c'était à lui de présenter les autres, ce qu'il fit avec une politesse prudente.

– Voici John et Roger. Ils sont frères.

Pringle ne mentionna pas qu'on appelait toujours Roger Hodge. D'une certaine façon, il sentait que Mr Liddon ne lui dirait pas plus Hodge, qu'il ne l'appellerait, lui, Pringle. Il ne s'était pas trompé.

– Les parents vont bien, Pèlerin ?

En même temps qu'il répondait oui, il aperçut dans l'œil de John une lueur qui annonçait les moqueries à venir. Hodge, qui ne pensait jamais qu'à son estomac, demanda :

– Est-ce qu'on pourrait s'arrêter en route pour acheter à manger, Mr Liddon ?

Celui-ci leva les yeux au ciel. Pringle en déduisit que c'était encore un de ces adultes-*là*. Ils grimpèrent dans la voiture avec leur équipement et Mr Liddon s'arrêta à quelques kilomètres de la ville dans un supermarché. Heureusement, il resta à les attendre dans la voiture. Il n'aurait pas manqué de qualifier leurs achats de " cochonneries ".

Fen Hall se trouvait à une dizaine de kilomètres. Ils traversèrent un village du nom de Fedgford, puis s'engagèrent à sa sortie dans un chemin qui s'enfonçait dans les bois.

– C'est là que vous camperez, leur expliqua Mr Liddon.

Le mauvais état du chemin l'obligeait à conduire lentement, et il désigna du doigt l'épaisseur du bois, à l'allure mystérieuse et pleine de secrets. Une lumière diffuse, à la fois dorée et verdâtre, tombait à travers les arbres, qui résonnaient du pépiement étouffé des oiseaux et du roucoulement des colombes. Un frisson d'excitation parcourut Pringle. L'endroit était plus agréable qu'il ne s'y attendait. Un peu plus loin, le bois se transformait en une plantation de grands arbres élancés disposés en rang. Une plante hérissée de piquants, à l'air curieusement préhistorique, poussait tout à l'entour.

– Ce sont des peupliers, dit Mr Liddon. (On devinait facilement qu'il était instituteur.) Ils sont destinés à la récolte.

– Quelle sorte de récolte? demanda Pringle, pour qui il s'agissait là d'une idée tout à fait neuve.

– On les abat vingt-cinq ans après leur plantation pour en faire des allumettes. Enfin, lorsqu'ils ne s'écroulent pas avant. Nous en avons eu quelques-uns arrachés par le vent cet hiver.

Pringle n'écoutait plus. Il venait d'apercevoir la maison. Elle ressemblait à une maison de rêve, pensa-t-il, tout en ne sachant pas très bien ce qu'il voulait dire par là. Les maisons dont il rêvait en réalité ressemblaient à la sienne, à celle de John ou de Hodge, des pavillons de banlieue du Surrey. Les arbres une fois évanouis, dégagée du feuillage, de la clématite sauvage qui l'assombrissait, cette maison-là se dorait au soleil avec l'assurance d'une chose vivante, certaine de sa propre perfection. Bâtie de petites briques Tudor, son toit à multiples pignons et niveaux se hérissait de cheminées plantées comme des bougies. Le soleil tombant sur les fenêtres à meneaux les faisait scintiller comme des plaques d'or, et les hirondelles avaient bâti leurs nids grumeleux et pendants sous les avant-toits.

– Laissez vos affaires dans la voiture. Je vous ramènerai dans le bois d'ici dix minutes, je vais d'abord vous montrer les lieux. Là-bas, vous avez le robinet dont vous vous servirez, et vous trouverez là-dedans une pelle et une hache. Je compte sur vous pour les remettre à leur place lorsque vous les aurez utilisées.

Pringle n'avait jamais mis les pieds dans une maison aussi grande – à l'exception d'endroits comme Hampton Court et Woburn. Fen Hall. Et la maison et son nom semblaient sortir d'un livre, irréels. Sous le porche sombre et sculpté de roses se détachait la porte d'entrée, un lourd panneau de chêne clouté. M. Liddon les guida vers l'arrière et les fit pénétrer dans une cuisine qui correspondait exactement à l'idée que se faisait Pringle d'un taudis.

Ce fut un choc. Momentanément aveuglé par le contraste entre la luminosité extérieure et l'ombre de la pièce, il ne fit d'abord que sentir une odeur d'humidité et de renfermé, puis retrouva la vue et constata qu'ils se trouvaient dans une énorme caverne percée de deux petites fenêtres, une porcherie de quatre cents mètres carrés au milieu de laquelle flottaient un petit four électrique et un petit réfrigérateur blanc. Le sol de brique était très irrégulier, et des boursouflures étranges parsemaient le plâtre verdâtre et écaillé des murs. Des piles de vaisselle sale s'amoncelaient dans un évier de pierre semblable à celui que sa mère avait récupéré dans une vente et transformé en bac à cactus. Une pagaille monstre régnait dans toute la pièce, envahie de montagnes de linge à laver. Interdits et effarés, John et Hodge se tenaient sur le seuil.

L'attitude de Mr Liddon s'était légèrement modifiée, et il avait perdu son ton autoritaire. Tout en leur expliquant que c'était là, à la porte de derrière, qu'ils devaient venir s'ils avaient besoin de quoi que ce soit, il entreprit de mettre un semblant d'ordre, fourrant les choses dans les vieux placards de bois, ramassant les miettes sur la table et les jetant dans l'évier.

– Est-ce que nous pouvons faire du feu? demanda John.

– Si vous êtes prudents, mais pas si le vent se lève de nouveau. Je n'ai pas besoin de vous montrer la réserve à bois, vous en trouverez partout sur le sol.

Il ouvrit une porte et appela :

– Flora!

Par la porte ouverte, ils apercevaient un couloir dallé, mais personne ne répondit à l'appel. Pringle savait que Mr Liddon était marié, sans enfants. Ses parents lui avaient dit que les Liddon avaient acheté une superbe maison à la campagne l'année précédente, et que lui et ses amis pourraient aller y camper. Il avait recueilli quelques informations supplémentaires à l'insu de ses parents qui discutaient entre eux : Tony Liddon n'avait jamais eu un centime avant la mort de sa tante, qui lui avait légué un peu d'argent. Sûrement pas un pactole, mais, en tout cas, il avait tout dépensé pour acheter Fen Hall. Il avait toujours rêvé d'un endroit de ce genre, mais l'entretien allait le ruiner, et Dieu seul savait comment il allait s'en sortir.

Ces histoires n'avaient pas tellement intéressé Pringle sur le moment, mais elles lui revenaient maintenant. A l'époque où il était avec son père à l'université, Mr Liddon n'était pas marié, et ni Pringle ni ses parents n'avaient jamais rencontré sa femme. Enfin, de toute façon, il était clair qu'ils n'allaient pas attendre son apparition. Ils remontèrent dans la voiture et partirent à la recherche d'un campement.

Ce fut un soulagement lorsque Mr Liddon les quitta enfin, les laissant à leur installation. Ils avaient trouvé l'endroit idéal pour monter leur tente sur un promontoire dans une clairière, et un creux, qui, d'après Mr Liddon, devait être une ancienne carrière, pour y faire leur feu.

Le soleil couchant pénétrait en longs puits de lumière à travers les bouleaux et les pommiers sauvages. Le gui pendait des chênes, semblable à des nids verts, l'air tiède vibrait du murmure des mouches. John, qui savait monter la tente, entreprit de leur donner des ordres.

– Pèlerin ! se moqua-t-il. On dirait une espèce d'oiseau cinglé !

– Cui, cui ! L'oiseau marteau ! vociféra Hodge en sautillant et en battant des mains, les pouces dans les oreilles. Son maître l'attache comme un chien. Cui, cui, cui !

– Eh bien, je préfère être un faucon chasseur que Roger l'andouille, dit Pringle en se jetant sur Hodge.

Tous deux roulèrent à terre, et John dut les séparer à coups de pied pour les obliger à l'aider.

La soirée fut agréable, l'air doux et sans un souffle pour la première fois de ce mauvais été. Ils firent réchauffer sur leur feu de la soupe de tomate et du poisson surgelé, et mangèrent un paquet entier de biscuits. Installés dans leurs sacs de couchage sous la tente, John lisait *Le livre des Insectes,* Pringle un thriller qui se déroulait dans un camp de prisonniers japonais, que ses parents lui auraient immédiatement confisqué s'ils l'avaient vu, et Hodge écoutait sa radio, lorsque

Mr Liddon fit son apparition, une torche à la main.

– Je voulais simplement m'assurer que tout allait bien, expliqua-t-il. Tout est bien rangé et en ordre ?

Etant donné le désordre de la maison, Pringle trouva la réflexion incongrue. Mr Liddon fit un tas d'histoires pour les bougies qu'ils avaient allumées. Ils promirent de les éteindre, mais se gardèrent bien de le faire. Le silence nocturne du bois était impressionnant. Pringle n'avait jamais connu de silence aussi profond, aussi lourd, qui donnait le sentiment qu'une énorme bête sombre s'était étendue sur les arbres, étouffant le moindre son sous sa fourrure épaisse et douce. Il n'eut guère le temps de prolonger ses réflexions, et s'endormit deux minutes après l'extinction des feux.

Le lendemain matin, le temps s'était gâté. Il faisait gris et frais pour un mois d'août. John vit un papillon rare, ce qui le remplit d'aise. Ils se rendirent à pied à Fedgford, achetèrent des saucisses, et s'aperçurent en rentrant qu'ils n'avaient pas de poêle. Pringle décida de se rendre à Fen Hall pour en emprunter une.

A cause des vacances scolaires, Mr Liddon devait certainement se trouver chez lui. Pringle s'attendait à le voir travailler au jardin, dont même lui pouvait se rendre compte qu'il était en piteux état, mais Mr Liddon demeurait invisible. Il frappa du poing à la porte de derrière, en vain. Elle n'était pas fermée. Il hésita un instant, puis entra.

Le désordre semblait avoir empiré. Un énorme chat de gouttière mangeait sur la table, extrayant d'un sac en papier quelque chose qui ne lui était certainement pas destiné. Pringle éprouva le sentiment curieux qu'il avait le droit d'entrer dans la maison. Quelque chose qui ne relevait ni de l'observation ni de la conjecture lui soufflait que Mr Liddon était absent. Il pénétra dans le couloir entrevu la veille, qui le mena à un énorme hall dallé, sombre et froid. De larges poutres noires couraient le long des murs et des plafonds, et l'endroit sentait l'humidité, ou plutôt une odeur de champignons oubliés dans un sac au fond du réfrigérateur. Pringle ouvrit une autre porte semblable à celle par laquelle il venait d'arriver, et, d'instinct, eut un toussotement d'avertissement.

La pièce était gigantesque, les toiles d'araignée noircissaient les poutres sculptées. Pringle lui-même se rendait compte que les quelques meubles auraient mieux convenu au salon d'un bungalow. Debout devant les hautes fenêtres à meneaux aux vitres en losange, une femme tendait à la lumière une chose bleue étincelante. Etrangement vêtue d'une jupe longue, les cheveux dénoués sur le dos, elle paraissait si totalement immobile, tenant à bout de bras l'objet bleu, que Pringle eut un instant le sentiment gênant qu'il était en face d'un fantôme et non d'une femme. C'est alors qu'elle se retourna et sourit.

– Bonjour. Vous êtes un des campeurs?

Elle devait avoir à peu près le même âge que Mr Liddon, mais portait ses cheveux comme les filles à l'école. Elle n'était pas jolie, mais, en la fixant, Pringle constata que son visage pâle devenait merveilleux lorsqu'elle souriait, rayonnant de bonté et de sensibilité. Tout cela, il ne serait capable de l'exprimer en ces termes que quelques années plus tard.

– Je suis Pringle, expliqua-t-il. Mon vrai nom, c'est Pèlerin, mais je demande aux gens de m'appeler Pringle, ajouta-t-il en sentant qu'elle comprendrait.

– Vous avez raison. A votre place, je ferais la même chose, dit-elle d'une voix calme et sans affectation. Je suis Flora Liddon. Vous pouvez m'appeler Flora.

Il n'en était pas si sûr, et savait qu'il finirait par ne pas l'appeler du tout.

– Je suis venu voir si je pouvais emprunter une poêle à frire.

– Bien sûr. Si j'en trouve une, ajouta-t-elle.

Elle lui tendit l'objet qu'elle tenait à la main et il s'aperçut qu'il s'agissait d'une petite bouteille de verre.

– Vous la trouvez jolie?

Il y jeta un coup d'œil hésitant. Ce n'était rien d'autre qu'une bouteille. Des flacons, en majorité transparents, d'autres de verre vert foncé, aux flancs cannelés, étaient posés derrière elle sur l'appui de la fenêtre.

– On trouve des choses merveilleuses par ici. En creusant, vous pouvez tomber sur des tas de déchets qui remontent à l'époque élisabéthaine, et près de la rivière, nous avons les vestiges d'une colonie romaine. Voulez-vous que je vous montre une pièce de monnaie romaine?

Noire, irrégulière et grumeleuse, la pièce portait une tête d'homme très laid. Elle lui montra un vase de verre épais et plein de bulles en lui disant que c'était jusqu'à présent sa plus belle trouvaille. Ils se rendirent à la cuisine. Converser avec la jeune femme se révéla une tâche plus facile que de trouver une poêle, et le temps qu'elle débarrassât celle qu'elle finit par dénicher de la graisse figée qu'elle contenait, il lui avait tout raconté de leur campement, de leur promenade à Fedgford, et de ce que leur avait dit le boucher : « J'espère que vous allez vous laver les mains avant de faire cuire mes belles saucisses. »

Elle lui parla de l'ampleur des travaux qu'ils devaient effectuer dans la maison et le jardin, travaux qu'ils étaient obligés de faire eux-mêmes parce qu'ils manquaient d'argent. Elle-même n'était pas très douée pour la peinture, ni la couture, ni le jardinage. En fait, elle n'était douée pour aucun des travaux ménagers. Ce qu'elle aimait, elle, c'était traîner et contempler le monde alentour. « Que serait donc cette vie, si, pleins de soucis, nous ne prenions le temps de faire halte et regarder? »

Il reconnut la citation de W.H. Davies, le poète vagabond. Ils avaient étudié le poème à l'école.

– J'aurais été un parfait vagabond. C'est une existence qui m'aurait tout à fait convenu, dit-elle avec un sourire qui illumina son visage.

Ils firent cuire leurs saucisses pour le déjeuner, puis partirent à la chasse aux insectes avec John. Ils ne trouvèrent pas trace des libellules qu'il leur avait promises au bord de la rivière, mais John mit tout de même la main sur ce qu'il qualifia de phrygane et qui, aux yeux de Pringle, avait tout l'air d'une brindille. Hodge engloutit cinq barres de Mars dans l'après-midi. Ils rencontrèrent en chemin le chat de gouttière, qui, nullement perturbé par leur présence, coupa en deux d'un coup de dent la souris qu'il portait dans la gueule. Le minuscule cœur de l'animal roula sur le sol.

– Je crois que je vais être malade, gémit Hodge.

Il fut effectivement malade, mais ils décidèrent néanmoins de surveiller le chat le lendemain pour voir combien de souris il attrapait dans la journée.

Le lendemain, le temps s'était amélioré, et l'air réchauffé, bien que le soleil n'ait toujours pas fait son apparition. Ils trouvèrent le chat dans la plantation de peupliers, occupé à traquer quelque chose parmi les herbes préhistoriques que John appela des prêles de marais. Les troncs des peupliers étaient presque aussi verts que l'herbe, et là-haut dans le ciel bleu pâle, leurs sommets touffus bruissaient doucement dans la brise. C'est à ce moment-là que Pringle réalisa que la couleur des troncs différait selon les espèces. Rouge pâle, légèrement rosés, les troncs des pins écossais flamboyèrent comme des fleurs lorsque le soleil brilla pendant un instant. Pringle leur en fit la remarque, mais les deux autres ne semblèrent guère intéressés.

– On croirait entendre notre amie, dit Hodge, celle qui s'occupe des arrangements floraux pour l'église.

– Et qui vomit à la vue d'une goutte de sang, je parie, rétorqua Pringle. C'est de famille.

Hodge bondit, il lui fit un croche-pied, et tous deux roulèrent en luttant au milieu des prêles. A 4 heures de l'après-midi, le chat avait pris six souris. Flora survint et leur apprit que le chat s'appelait Tabby, ce qui ravit obscurément Pringle. Si elle avait dit Flocon de neige ou Perséphone ou quelque autre nom idiot dont les gens aiment à affubler les animaux, son sentiment à l'égard de la jeune femme en aurait été modifié, il n'aurait su dire pourquoi. Il ne l'aurait pas autant aimée.

Alors qu'ils rebroussaient chemin vers le campement, un homme, apparut au volant d'une Land Rover. Il s'était rendu jusqu'à la maison, mais il n'y avait personne. Pourraient-ils être assez aimables pour transmettre un message à Mr ou Mme Liddon ? Son nom était Porter, Michael Porter, il était en quelque sorte archéologue amateur – Mr Liddon était au courant – et en fouillant dans la prairie du bas, ils étaient tombés sur un dépôt du XIXe. Si Mrs Liddon était intéressée par les déchets, elle pouvait venir jeter un coup d'œil, avant qu'il ne fouille plus avant et passe à une nouvelle couche.

– Est-ce que nous pouvons venir aussi ? demanda Pringle.

Porter assura qu'ils seraient les bienvenus. Il n'y aurait personne sur le chantier le lendemain. Il venait d'entendre le bulletin météo à la radio, et de très forts coups de vent étaient annoncés. C'était leur campement, là-haut ? Qu'ils s'assurent bien que leur tente soit solidement arrimée, leur conseilla-t-il avant de remonter dans sa voiture.

Pringle vérifia la solidité de la tente, ils s'installèrent à l'intérieur, attachèrent le rabat, et allumèrent la lampe tempête de John plutôt que les bougies. Le silence de la forêt s'était évanoui. Le vent se déchaînait en mugissements de sirène, des craquements sinistres de toiles déchirées retentissaient, la tente se gonflait et claquait comme la voile d'un navire sur une mer démontée. Par instants, le vent cessait brusquement, puis au bout de quelques secondes de silence et de calme revenait en hurlant. John lisait le *Guide complet des papillons anglais* de Frohawk, Pringle son thriller, et John tentait d'écouter sa radio, mais ils durent renoncer au bout d'un moment, éteignirent la lampe et s'allongèrent dans l'obscurité.

Cinq minutes plus tard, une rafale plus puissante que toutes les précédentes déchira l'air, et quelque part vers le sud, en direction de la maison, un formidable craquement retentit.

– Je crois qu'il va falloir faire quelque chose, dit John d'une voix vive mais mal assurée qui fit comprendre à Pringle qu'il était tout aussi effrayé qu'eux.

– Il faut sortir d'ici.

Pringle ralluma la lanterne. Il était 10 heures.

– La tente va s'envoler, dit Hodge.

Pringle entreprit de sortir en rampant de son sac de couchage, et se demanda s'il fallait ou non aller à la maison lorsque l'entrée de la tente se souleva, et la tête de Mr Liddon apparut. Il avait l'air furieux.

– Allons, sortez tous de là. Vous ne pouvez pas rester ici. Ramassez vos sacs de couchage et venez, on vous casera à la maison pour la nuit.

Le ton de sa voix paraissait suggérer que toute cette tempête était de leur faute. Pringle chercha ses chaussures, les enfila, puis roula son sac de couchage. John prit la lampe tempête, et Mr Liddon les guida à la lueur de sa torche. Ils furent relativement à l'abri dans le sous-bois, mais sur le chemin à découvert, le vent les ballotta en tous sens, assourdis et pratiquement aveugles. En passant devant la plantation de peupliers, Mr Liddon dirigea sa lampe vers le ciel, et Pringle aperçut la cause du formidable craquement, un peuplier déraciné et tombé sur le flanc, ses racines dressées vers le ciel.

Dieu sait pour quelle raison – probablement parce que c'était à cet endroit qu'ils avaient rencontré Michael Porter – John se souvint du message, et Mr Liddon l'en remercia. Ils pénétrèrent dans la maison par l'arrière, et au moment où la porte se refermait derrière eux, une tuile arrachée du toit s'écrasa sur le chemin.

Il y avait des lits dans les chambres, mais pas de couvertures ni de draps, et les matelas étaient humides. Les chambres sales et pleines de toiles d'araignée donnèrent le frisson à Pringle, et il fut ravi de ne pas avoir à y dormir. Comme dans le reste de la maison, une odeur de moisissure mêlée à une odeur de peinture – Mr Liddon avait commencé à travailler sur un plafond – y régnait.

Debout devant la fenêtre au bout du couloir se tenait Flora, un châle jeté sur sa chemise de nuit.

Elle revêtit pour Pringle, qui lisait quelquefois des histoires de fantômes, l'apparence de la Dame Grise de Fen Hall. Dans l'obscurité, elle contemplait les éclairs qui déchiraient l'horizon au-delà de la rivière.

– J'adore regarder l'orage, dit-elle en se retournant vers eux avec un sourire.

– Où vont-ils dormir ? demanda Mr Liddon après avoir allumé l'électricité.

Le problème ne paraissait pas la préoccuper. Sans qu'elle se montrât désagréable, il était évident que tout cela ne la concernait pas.

– Oh ! dans le salon, non ?

– Nous avons sept chambres.

Elle ne dit plus rien, et un long roulement de tonnerre secoua la maison. Mr Liddon les fit redescendre, puis les mena dans une sorte de bibliothèque où ils l'aidèrent à faire des lits de coussins sur le sol. Le vent continuait à hurler autour de la maison, et Pringle entendit tomber une autre tuile. Allongé dans l'obscurité, il écoutait la tempête. Les autres s'étaient endormis, il pouvait entendre leur respiration régulière. Il faisait bon à l'intérieur du sac de couchage, il s'y sentait bien au chaud et à l'abri. Au bout d'un moment, il perçut les échos d'une dispute entre Flora et Mr Liddon de l'autre côté de la porte.

Les parents de Pringle se disputaient énormément, et il détestait cela. Même s'il le supportait mieux en grandissant, c'était pour lui la pire chose qui soit au monde. Il entendait à peine Mr Liddon et Flora, ne saisissant que des mots sans suite, ceux de l'homme emportés et grossiers, ceux de la femme amusés ou indifférents. Soudain, une phrase entière résonna clairement. Très calme, sa voix à elle portait pourtant parfaitement :

– Nous voulons des choses tellement différentes !

Pringle les supplia intérieurement de cesser, et soudain ils s'arrêtèrent, en même temps que commençait à tomber la pluie. Elle explosa brutalement, crépitant sur les fenêtres et le vieux toit affaissé. Bizarre, qu'un tel son, un roulement bruyant et constant, puisse vous bercer et vous endormir...

Le lendemain matin, il trouva Flora dans la cuisine. John et Hodge continuaient à dormir malgré le soleil resplendissant et encore chargé de pluie qui inondait les fenêtres sales. Le monde extérieur paraissait tout nouveau et tout propre. A l'intérieur, c'était toujours le même chaos, la même odeur de moisi et de torchons sales, malgré les fenêtres ouvertes. Flora était assise devant la table sur laquelle s'amoncelaient des assiettes, des vêtements informes, des croûtons de pain, des épluchures de fruits et une boîte de nourriture pour chat ouverte. Tabby sur les genoux, elle buvait du café.

– Il y en a encore dans la cafetière si vous en voulez.

C'était la première fois qu'un adulte chez qui il séjournait ne lui demandait pas comment il avait dormi, et elle n'allait pas non plus lui préparer le petit déjeuner. Elle se contenta de lui dire où se trouvaient les œufs, le pain et le beurre. Pringle se souvint qu'il n'avait pas rapporté la poêle à frire, qui devait être la seule de la maison.

Il se prépara une pile de toasts et trouva un pot de confiture. A travers la fenêtre ouverte, il apercevait l'herbe et les chemins jonchés de feuilles et de brindilles, et un faisan qui se pavanait lentement sur la pelouse défraîchie.

– La tempête a abîmé beaucoup de choses? demanda-t-il.

– Je ne sais pas. Tony s'est levé tôt pour aller jeter un coup d'œil. D'autres peupliers ont peut-être été déracinés.

Pringle avala son toast. Le chat s'était mis à ronronner de façon régulière, et elle lui pétrissait d'une main les oreilles et le cou.

– Il y a tant de gens comme lui. Ils passent leur existence à se préparer à vivre, et en oublient de vivre vraiment.

Ne sachant que répondre, Pringle ne dit rien. Elle se leva puis sortit avec le chat dans les bras. Au bout d'un moment, de la musique lui parvint faiblement d'une autre extrémité de la maison.

Deux peupliers avaient été abattus par la tempête, ouvrant chacun un cratère d'un mètre cinquante de profondeur. Pringle, John et Hodge s'attardèrent un moment à regarder, sur le chemin du retour, les grands troncs verts étendus, leurs racines emmêlées à l'air libre. A l'exception du désordre provoqué par les rafales de vent et de la pluie qui avait trempé ce qui était resté à l'extérieur, le campement n'avait pas subi de gros ravages, et le bois avait servi d'abri à la tente.

Le moment leur parut approprié pour rapporter la poêle. Ils iraient ensuite faire des courses à Fedgford – à moins que l'un des Liddon ne leur proposât de les emmener. C'était un peu dans cette perspective que Pringle voulait rapporter la poêle, mais Mr Liddon, sans perdre de temps, était déjà au travail dans la plantation, et se préparait à couper sur place à la tronçonneuse les arbres abattus. Il se dirigea vers eux lorsqu'il les aperçut sur le chemin :

– Vous avez bien dormi ?

– Bien, merci, dit Pringle, mais Hodge, furieux qu'on ne lui ait rien offert à manger ou à boire, marmonna que la faim l'avait empêché de dormir.

Mr Liddon ne releva pas la remarque. Il paraissait nerveux, et demanda à Pringle de prévenir Mrs Liddon, s'ils passaient par la maison, que le cratère ouvert par le plus gros des peupliers déracinés semblait avoir mis au jour un dépôt de verre victorien.

– Ils ont dû planter les arbres par-dessus sans le savoir.

Pringle jeta un coup d'œil à l'intérieur de l'excavation et aperçut effectivement des débris de verre coloré, un goulot de bouteille et l'anse d'une cruche ou d'une chope dépassant du sol retourné. John et Hodge restèrent sur place, fascinés par la tronçonneuse, pendant qu'il rapportait la poêle. Dans le salon, il trouva Flora en train d'écouter un récital de piano. L'annonce de la découverte la fit bondir d'excitation.

Ils retournèrent ensemble à pied à la plantation,

suivis de Tabby, qui marchait comme un chien à quelques mètres derrière eux. Pringle savait que maintenant, ni l'un ni l'autre ne les accompagnerait en voiture à Fedgford. Mr Liddon avait déjà scié le sommet de l'arbre, et les feuilles argentées avaient commencé à se flétrir. John demanda s'ils pouvaient essayer la tronçonneuse, mais Mr Liddon dit qu'il n'en était pas question, il n'était pas fou ! Et s'ils voulaient aller chez le boucher avant le déjeuner, ils feraient bien de se dépêcher, ajouta-t-il.

Ayant remonté sa longue jupe, Flora était descendue à l'intérieur du cratère. Si elle s'était tenue debout, sans doute seules sa tête et ses épaules, peut-être éventuellement son torse auraient-ils dépassé de l'excavation, car les racines des peupliers sont très profondes. Mais au lieu de se tenir debout, elle s'était accroupie, et extrayait du terreau de petits objets de verre à l'aide d'une truelle. La tronçonneuse gémit en entamant le sommet du tronc. Pringle, qui regardait en même temps que les autres, eut le sentiment étrange que Mr Liddon ne s'y prenait pas comme il fallait, sans pourtant pouvoir déterminer pourquoi.

La scène évoquait en lui le souvenir d'un film comique dans lequel un homme dans un arbre sciait la branche à l'extrémité de laquelle il était assis, provoquant ainsi sa propre chute. Mais Mr Liddon n'était assis nulle part, il se contentait de débiter l'arbre en partant de la cime. La scie gémit à nouveau, et quatre courtes bûches vinrent tomber près du tronc.

– Allons, ne restez pas là, dit Mr Liddon. Vous n'allez pas passer la journée à traînasser ici.

Flora leva la tête et adressa à Pringle un clin d'œil de connivence. Elle lui sourit et lui montra de loin un petit flacon rouge étincelant. Il s'éloigna à regret avec John et Hodge, sans se presser car ils avaient une route longue et ennuyeuse devant eux. Ils traversèrent les prêles, remontèrent le talus, et se retournèrent encore une fois au bruit de la tronçonneuse.

Pourtant, lorsque la chose se produisit, Pringle ne regardait pas vraiment. Les autres non plus, d'ailleurs. Ils venaient de jeter un dernier coup d'œil et remontaient péniblement le sentier lorsque le bruit, une sorte de bruissement soudain suivi d'une lourde chute et d'un fracas écœurant, les fit se retourner. Tous les trois poussèrent un cri, mais ils furent les seuls. Ni Flora ni Mr Liddon n'émirent un son.

Mr Liddon se tenait les bras ballants, la bouche ouverte et les yeux exorbités. La pile de bûches près de lui n'avait pas bougé, mais le tronc de l'arbre avec ses racines dressées avait disparu : le dernier trait de scie, brisant l'équilibre, avait rendu sa base plus lourde que la cime, le faisant basculer. Pringle porta la main à sa bouche, et Hodge, comme le gros bébé qu'il était au fond, se mit à pleurer. Tous les quatre, horrifiés, convergèrent lentement vers l'arbre maintenant dressé sous les racines duquel elle gisait.

La police vint, ainsi qu'un fermier et son fils et des hommes des alentours. A eux tous, ils renversèrent de nouveau l'arbre sur le flanc, mais il était trop tard, et Flora était morte. Peut-être était-elle morte à l'instant même où le tronc et la masse des racines l'avaient heurtée. En tout cas, Pringle ne fut pas là pour le voir. Mr Liddon avait aussitôt condamné l'accès à la plantation et leur avait enjoint de rester au campement jusqu'à ce que quelqu'un vienne les conduire à la gare. Ce fut

Michael Porter qui apparut en fin d'après-midi et qui vérifia qu'ils avaient tout ramassé après avoir nettoyé l'emplacement. Il leur annonça que Flora était morte, puis les accompagna à la gare dans sa Land Rover, juste à temps pour le train de 17 h 15. En cours de route, il ne fit aucune allusion au dépôt de verre dont il leur avait parlé, et Pringle se demanda si Mr Liddon l'avait signalé à Flora. Un détail curieux ne cessa de le poursuivre pendant tout le trajet du retour à Londres. La première fois qu'il avait emprunté le chemin pour rentrer au camp le matin, il était sûr de ne pas avoir vu de verre dans le cratère ouvert par l'arbre déraciné. Il en aurait distingué le miroitement s'il y en avait eu, et rien ne l'avait frappé. Pourtant, il ne mentionna pas ce détail à John et Hodge. A quoi bon?

Trois ans plus tard, les parents de Pringle reçurent une invitation au mariage de Mr Liddon. Il épousait la fille d'un riche entrepreneur local, et la réception avait lieu à Fen Hall, la maison dans les bois. Pringle était maintenant trop âgé pour être à la traîne de ses parents, aussi ne s'y rendit-il pas. De toute façon, il y avait longtemps qu'il ne s'intéressait plus aux arbres.

Fen Hall

Traduction : Hélène Amalric.

AU NOM DU PÈRE

Un jour, Teddy avait découvert, dans un roman victorien, un personnage dont l'auteur disait qu'il aimait « être entouré de choses agréables ». Cette expression lui était restée en mémoire. Car il aimait, lui aussi, être entouré de choses agréables.

Il espérait bien, d'ailleurs, que l'agréable l'emporterait sur le déplaisant pendant les vacances qu'ils allaient passer tous les quatre ensemble. Teddy commençait à craindre qu'il y ait quelques frictions dans leurs relations. De toute façon, c'était la dernière fois, avant de nombreuses années, que les deux couples pourraient partir en octobre, car Emma et Andrew commenceraient, dès le printemps suivant, à aller à l'école.

– C'est dommage, dit Anne. Mai et octobre sont de loin les meilleurs mois de l'année dans les îles grecques.

Anne et Teddy avaient acheté la maison avec l'argent que leur avait laissé la mère de ce dernier. L'année précédente, ils y étaient allés deux fois, et ils y étaient retournés en mai dernier. Ils n'avaient pas pu sortir le soir, car ils n'avaient pas de baby-sitter. Mais comme Michael et Linda venaient avec eux, cette fois, chaque couple serait libre un soir sur deux.

– Si Michael accepte de nous confier ses enfants, dit Teddy.

– Il n'a pas si mauvais caractère que ça.

– Je n'ai pas dit qu'il avait mauvais caractère. Michael est mon beau-frère, et je suis bien obligé de le supporter. Je ne lui reproche rien. C'est seulement qu'il est tellement dingue de ses gosses que je me demande parfois comment il ose les laisser à leur propre mère quand il va travailler.

Teddy n'avait pas oublié comment Michael avait gâché leur soirée à Chichester, en juillet. A leur arrivée au théâtre, il avait absolument tenu à téléphoner à la baby-sitter, avant le début de la pièce. Puis il avait rappelé pendant l'entracte, et une fois encore avant de rentrer. Et pendant les rares moments où il n'avait été ni au téléphone, ni dans la salle obligé de se taire, il n'avait pas cessé de parler d'Andrew et d'Alison, d'un ton inquiet.

– Michael est très stressé, en ce moment, avait chuchoté Linda à sa sœur. Il traverse une mauvaise passe dans son travail.

Teddy ne trouvait pas normal, pour un homme, d'être à ce point obsédé par ses enfants. Il aimait beaucoup les siens, sans aucun doute, et ne manquait pas de se faire du souci pour eux lorsqu'il avait une bonne raison pour cela. Mais ils étaient encore petits, et, pour être franc, il les trouvait parfois agaçants et assommants. Teddy avait hâte que ses enfants grandissent pour jouir vraiment de leur compagnie. Quant à Michael, il se comportait davantage comme une mère que comme un père – une mère poule. Teddy, pour sa pénitence, avait de temps à autre changé des couches et préparé des biberons; mais Michael paraissait réellement prendre plaisir à faire ce genre de choses, et à en parler ensuite. Teddy espérait qu'il n'aurait pas à subir trop de conférences sur la puériculture pendant leur séjour à Stamnos.

Une semaine avant leur départ, Valerie Wilton quitta son mari. Valerie avait été à l'école avec Anne, bien qu'elle fût tout autant l'amie de Linda, et elle avait écrit de longues lettres à l'une comme à l'autre, pour tout leur expliquer et demander leur compréhension. Elle était partie avec un homme dont elle avait fait la connaissance à son cours du soir, où elle étudiait le français commercial. Apparemment, leur liaison durait depuis un bon moment, mais le mari de Valerie n'en avait rien su, et le départ de sa femme avait été pour lui un choc total. Il vint rendre visite à Anne pour lui confier ses malheurs, but énormément de whisky, puis s'effondra et se mit à pleurer. Pour autant que Teddy le sache, il avait fait la même chose chez Linda. Teddy resta à l'écart de tout cela – il ne voulait pas s'en mêler. Aimant être entouré de choses agréables, il refusa gentiment mais fermement ne serait-ce que d'en parler avec Anne.

– Linda m'a dit que cette histoire a beaucoup touché Michael, confia Anne. Il s'identifie à George, tu comprends. Il est tellement émotif.

– Je t'ai dit que je ne voulais pas en parler, chérie, et bon sang, je n'en parlerai pas !

Dans l'avion qui les emmenait en Grèce, Michael prit Alison sur ses genoux, et installa Andrew sur le fauteuil près du sien. Anne fit remarquer d'une voix plaintive que c'était vraiment idéal pour Linda. Teddy constata que Linda dormit pendant presque tout le voyage. C'était une très jolie jeune femme – plus jolie qu'Anne, de l'avis de beaucoup, mais pas de Teddy – et maintenant que Michael gagnait mieux sa vie, elle avait renouvelé sa garde-robe et se faisait coiffer de façon très élégante. Teddy, qui était très observateur, surtout lorsqu'il s'agissait de choses agréables, remarqua qu'elle avait récemment cessé de porter des pantalons. Et c'est en connaisseur qu'il admira, de l'autre côté du couloir central, les longues jambes de sa belle-sœur.

Ils changèrent d'avion à Athènes. La journée était belle, le ciel limpide, et lorsque l'avion amorça son atterrissage sur l'île, ils distinguèrent très nettement sa découpe en forme de pichet de vin, d'où lui venait son nom. Stamnos ne mesurait que trente kilomètres de long, mais la route, ravinée et mal entretenue, serpentait en escaladant de nombreuses montagnes basses couvertes d'oliviers, et la voiture mit plus d'une heure à atteindre Votani, à l'embouchure du pichet. Le chauffeur, originaire de l'île, était l'un de ces Grecs qui passent leur jeunesse en Australie, avant de rentrer s'installer au pays, grâce à l'argent qu'ils ont amassé. Il leur parla pendant tout le trajet, avec son accent grec grave et rocailleux, tandis que sa radio diffusait des disques de bouzouki et qu'Alison geignait dans les bras de Michael. Il faisait chaud pour la saison.

Tim, qui ne supportait pas la voiture, vomit à deux reprises avant leur arrivée à Votani. Le taxi ne pouvait pas escalader la rue étroite et pavée; ils durent donc descendre et prendre leurs bagages. A lui seul, le chauffeur porta trois valises, une dans chaque main et la dernière sur sa tête. Michael n'en prit pas, car il portait Andrew sur les épaules et Alison dans les bras.

Les maisons de Votani s'élevaient sur une étroite colline conique qui ressemblait de loin à un entassement de galets de couleurs pastel. Vues de près, les maisons étaient propres, pleines de vie, emboîtées les unes dans les autres, et couvertes de jasmin et de bougainvillées. Quant à la colline, elle était dominée par les ruines – au pittoresque extravagant – d'une forteresse construite par les Croisés. La villa de Teddy et Anne consistait en trois petites maisons de pêcheurs, que le propriétaire précédent avait transformées en une seule. Construite sur le flanc escarpé de la colline, elle était pourvue d'une foule de petits escaliers. Depuis la chambre où dormiraient les quatre enfants, on voyait la façade est de la forteresse, la masse bleu sombre de la mer et, à l'horizon, la silhouette indistincte des côtes turques. La nuit tombait vite après le coucher du soleil. Lorsqu'il se trouvait à l'étranger, Teddy était toujours déconcerté par ce phénomène, si différent des longs crépuscules languissants de l'Angleterre.

Moins d'une heure après leur arrivée à Votani, Teddy descendait la grande rue – un défilé de murs de pierre embaumant le jasmin, éclairé par des lampes fixées à des supports en fer – pour se rendre avec Michael au bar d'Agamemnon. Il se sentait coupable d'être sorti en laissant à sa femme le soin de coucher les enfants. Mais c'est Anne qui lui avait suggéré – elle avait même insisté – d'emmener Michael boire un verre avant le dîner. Après s'être concertés à voix basse, ils étaient tombés d'accord pour constater que Michael avait l'air « vanné » (selon Anne) et que, manifestement, il « en avait marre » (Teddy dixit). Cela n'avait rien d'étonnant, à la façon dont il s'était occupé d'Andrew et d'Alison toute la journée.

Michael ne s'était pas laissé facilement convaincre, car il tenait à rester pour aider Linda. C'est pourquoi Teddy avait été surpris d'entendre son beau-frère se lancer en grommelant dans une tirade contre la libération de la femme.

– Je me demande parfois ce qu'elles veulent dire, quand elles affirment qu'elles ne sont pas nos « égales ». Ce sont elles qui ont des enfants, non ? Nous, ça nous est impossible. Je considère que cela les rend *supérieures* à nous, et non inférieures.

– Moi, je sais bien que je n'aimerais pas donner naissance à un enfant, dit Teddy hors de propos.

– C'est à cause de ça, poursuivit Michael comme s'il ne l'avait pas entendu, c'est à cause de ça qu'on doit les dominer. Dans notre propre intérêt. Où serions-nous si, en plus des bébés, on leur laissait tous les pouvoirs ?

Teddy répondit vaguement qu'il n'avait pas d'opinion sur le sujet, mais qu'il avait lu quelque part que la main qui balance le berceau gouvernait le monde.

En arrivant chez Agamemnon, ils s'étaient installés à une table, sur la terrasse couverte de vigne. Les autres clients étaient tous des insulaires, dont certains, reconnaissant Teddy, lui adressèrent un signe de tête et un sourire. La plupart des touristes étaient partis, maintenant, et tous les hôtels – à l'exception d'un seul – fermés pour l'hiver. Teddy l'hédoniste, toujours désireux d'être entouré de choses agréables, n'avait pas apprécié la tournure que prenait la conversation. Il se mit à raconter à Michael à quel point Anne et lui avaient ri en apprenant que le patron du bar portait effectivement le nom du grand héros de l'antiquité grecque, l'ironie de la chose étant que cet Agamemnon-là était un petit bonhomme ventripotent. A ce moment, Teddy dut s'interrompre, car le gros

Agamemnon vint prendre leur commande, le sourire aux lèvres.

Michael n'avait nullement l'intention de laisser Teddy enfourcher de nouveau le sujet des patronymes locaux. Il se mit à parler d'une voix rapide, pleine de violence, son visage maigre et brun se plissant comme sous l'effet d'une émotion intense.

– Un homme peut perdre ses enfants à tout instant, sans avoir commis la moindre faute. Tu as déjà pensé à ça ?

Teddy le regarda, songeant vaguement à des histoires de rapt ou de mortalité infantile.

– Qu'est-ce que tu veux dire ?

– Ça pourrait nous arriver, à toi, ou à moi, à n'importe lequel d'entre nous. Un homme peut perdre ses enfants du jour au lendemain, sans avoir le moindre recours. Même si c'est un bon mari, fidèle à sa femme, subvenant largement aux besoins de sa famille, un père dévoué – aucune différence. Regarde George Wilton. Qu'est-ce que George a fait de mal ? Rien. Mais il a quand même perdu ses enfants. Ils vivaient avec lui, dans sa maison, et un beau matin, les voilà partis à Gerrards Cross avec Valerie et ce type qu'elle a rencontré au cours du soir. Et George pourra s'estimer heureux s'il voit ses gosses deux fois par mois.

– Je vois où tu veux en venir, dit Teddy. Malgré tout, ce n'est pas lui qui aurait pu s'en occuper. Il est bien obligé d'aller travailler. Je veux dire, je sais que c'est injuste, mais on ne peut pas arracher des enfants à leur mère, non ?

– Apparemment pas. Mais on peut les arracher à leur père.

– A ta place, je ne me tourmenterais pas autant

pour un cas particulier, dit Teddy, de plus en plus mal à l'aise. Il faut que tu oublies ce genre de choses pendant que tu es ici. Détends-toi un peu.

– Mais c'est tout sauf un cas isolé. Il y a un type, à mon travail, John Frosi – tu ne le connais pas. Sa femme et lui se sont séparés (c'est elle qui l'a voulu, naturellement), et elle a emmené le bébé comme si ça allait de soi. Et George m'a dit que la même chose est arrivée à son frère il y a deux ans. Il avait trois enfants. Il ne vivait que pour eux, et aujourd'hui, il a tout juste le droit de les emmener au zoo un samedi sur deux.

– Peut-être, avança Teddy (qui avait ses moments de sagacité) cela ne serait-il pas arrivé s'il avait vécu un peu plus pour sa femme.

Il fut content de se retrouver à la maison. Au lit, cette nuit-là, il fit part à Anne de leur conversation. Anne lui dit que Michael était un obsessionnel. Lorsqu'il avait rencontré sa femme, Linda était devenue une véritable obsession, et maintenant, le phénomène se reproduisait avec Andrew et Alison. Il n'était pas très gentil avec Linda, ces derniers temps – Anne l'avait remarqué. Michael surveillait sans cesse sa femme de façon déplaisante. Et quand Linda s'était proposée pour emmener les enfants à la forteresse le lendemain matin, pour que Michael puisse descendre au port voir le retour des bateaux de pêche, il avait tranché : « Pas question que je t'autorise à grimper toute seule là-haut avec mes enfants. »

Quelques jours plus tard, ils s'y rendirent tous ensemble. Il fallait garder un œil sur les enfants en permanence – il y avait tellement d'endroits dangereux : des fissures dans les murs, des angles prêts à s'écrouler, des trous béants qui donnaient sur le vide. Mais depuis les murailles est, entaillées d'une douzaine de brèches, où le roc surplombait de sa paroi presque verticale une plage de sable crémeux et argenté et de rochers bruns, le point de vue était exceptionnel – le plus beau de tout Stamnos. De là-haut, on découvrait toute la baie qui constituait l'embouchure du pichet, la mer parsemée d'îles et les montagnes basses de la Turquie derrière lesquelles, pensa Teddy, romantique, s'étendait peut-être la plaine de Troie. Tout autour d'eux, sur le promontoire, le gazon sec et ras était très glissant. Il n'avait pas plu sur Stamnos depuis cinq mois. Le ciel, clair et sans nuages, était d'un bleu-mauve uni. Emma et Andrew, les plus âgés des enfants, couraient en tous sens sur le gazon glissant, s'amusant à faire des cabrioles et à dévaler les pentes herbeuses.

Depuis leur conversation au bar, Teddy avait réussi à ne pas se retrouver seul avec Michael. Mais, plus tard dans la journée, Michael parvint à le débusquer. C'est ainsi que Teddy vit la chose; en fait, c'était plutôt lui qui était allé, involontairement, à la rencontre de Michael. Il était descendu à l'épicerie acheter les pommes rouges, le fromage de chèvre et l'huile d'olive qu'Anne lui avait demandés. Puis il était passé dans l'arrière-boutique, où l'on pouvait se procurer des livres d'occasion. La pièce était bourrée de livres de poche, en diverses langues européennes, abandonnés par les touristes qui visitaient Votani pendant l'été. Il n'y avait personne dans la boutique, à part Michael, qui venait de prendre, sur une étagère, un roman dont le titre était le nom de son héroïne.

– C'est une traduction suédoise, lui dit gentiment Teddy.

– Oh ! vraiment ? Oui, je vois.

– Les livres anglais sont tous de ce côté.

Dans la pénombre, Michael avait une mine hagarde. Malgré son teint mat, il ne bronzait pas facilement. Les deux hommes ressortirent dans la rue inondée de soleil. Teddy, qui portait ses emplettes dans un filet à provisions, s'arrêtait de temps à autre pour admirer le paysage à travers un portail, ou en se penchant par-dessus un mur. Au-dessous d'eux, les prairies s'étendaient jusqu'à la mer. Des filets noirs étaient tendus sous les oliviers pour recevoir la récolte; les cyprès étaient fins comme des aiguilles. Le chien du berger ramenait le troupeau et les clochettes des moutons tintaient au loin. L'ombre de Michael se découpa sur le mur écrasé de soleil.

– J'étais perdu dans un rêve, dit Teddy. C'est beau, non ? J'adore ce pays. Je suis vraiment triste à l'idée de ne pas pouvoir revenir ici en octobre avant peut-être... combien ?... douze ou quatorze ans ?

– Je ne peux pas dire que cela me coûte de faire des sacrifices pour mes enfants.

Teddy estima que ce reproche implicite n'était pas justifié. Il aurait aimé y répliquer par quelque chose de mordant, mais n'avait pas un sens très aigu de la repartie cinglante. De toute façon, avant même qu'il ait trouvé quoi que ce soit, Michael avait abordé un sujet complètement différent.

– La loi grecque s'est beaucoup assouplie en faveur des femmes, ces dernières années – sur les droits de propriété, le divorce, et ainsi de suite.

– C'est formidable, tu ne trouves pas ? dit Teddy, non sans une pointe de malveillance.

– Ces réformes sont les premières lézardes dans

la structure d'une société, et mènent tôt ou tard à son effondrement total.

– Mais notre société à *nous* ne s'est pas effondrée.

Michael eut un rire narquois, comme si une telle remarque lui semblait d'une incroyable naïveté.

– Tout au long du siècle dernier, commença-t-il sur le ton austère du conférencier, et une bonne partie de celui-ci, lorsqu'une femme quittait son mari, les enfants restaient avec lui, le plus naturellement du monde. On n'aurait jamais permis que des enfants soient confiés à une femme qui s'était mise dans son tort. Et il fut un temps, pas tellement éloigné, où un homme pouvait se servir de la loi pour obliger sa femme à revenir chez lui.

– Tu ne voudrais quand même pas qu'on rétablisse ce genre de droit ?

– Je vais te dire quelque chose, Teddy. Le temps viendra où les enfants n'auront plus de père – c'est-à-dire qu'on n'attachera plus aucune importance à l'identité du père. On connaîtra sa mère, et cela sera bien suffisant. Voilà vers quel genre de société nous nous dirigeons, cela ne fait aucun doute. Au Moyen Age, les hommes croyaient qu'en matière de reproduction, la femme n'était qu'un réceptacle – seule la semence de l'homme créait l'enfant. Partant de là, nous avons bouclé la boucle. Nous en sommes à la suprématie quasi totale de la femme, et des hommes comme toi et moi sont réduits au rôle de... simple agent temporaire.

Ce soir-là, Teddy demanda à Anne :

– Tu ne crois pas qu'il est un peu fou ? Je veux dire, il fait peut-être un peu de dépression, avec tous ses problèmes ?

– Il n'a pas de problèmes, ici.

– Il y a autre chose dont je voulais te parler. Je me suis posé la question : Linda n'a pas une idée derrière la tête, au moins? Elle n'a pas quelqu'un d'autre en vue? Depuis quelque temps, elle fait des effets de toilette, et elle a nettement maigri. Ça la rajeunit de plusieurs années. Si elle connaît un autre homme, ça expliquerait assez bien l'état dans lequel se trouve ce pauvre vieux Michael, tu ne crois pas?

C'était leur tour de sortir, et ils revenaient du restaurant Krini, le dernier de l'île à rester ouvert après la mi-octobre. Dans la nuit remplie d'étoiles, la lune blême était dans son dernier quartier.

– Il y a sûrement une raison pour que Michael soit comme ça. Ce n'est pas normal. Moi, je ne passe pas mon temps à me ronger les sangs, en m'imaginant que tu vas me quitter et emmener les enfants.

– C'est vraiment ça qui le tracasse? Il a peur que Linda le quitte?

– Ça ne peut pas être autre chose. Pourquoi se mettrait-il dans un état pareil à cause des problèmes de George Wilton et de John Je-ne-sais-qui? (Teddy le sage hocha la tête.) Ce serait contraire à la nature humaine, ajouta-t-il. Montons jusqu'au fort, chérie. Nous n'y sommes jamais allés au clair de lune.

Ils grimpèrent jusqu'au sommet de la colline. Teddy haletait un peu, car il avait forcé sur l'ouzo, au Krini. En été, la forteresse était illuminée, mais lorsque les hôtels fermaient, on éteignait aussi les projecteurs. Le clair de lune était presque aussi lumineux que l'éclairage artificiel, et entre les ombres noires des murailles délabrées, le gazon prenait des reflets d'argent. Maintenant que la saison touristique était terminée, les habitants de l'île attendaient désespérément la pluie, pour donner un dernier coup de fouet à la récolte d'olives.

Teddy escalada l'unique escalier survivant dans les vestiges de la dernière tour restée debout. Il s'arrêta un instant, attendant Anne. Il regarda au-dessous de lui, mais ne la vit pas. Sa voix lui parvint, cependant.

– La mer Egée n'est pas toujours calme, disait-elle. Il y a une crevasse, en bas, où le courant s'engouffre avec une telle force qu'on dirait un bief de moulin à eau.

Scrutant la nuit depuis son poste de guet, Teddy ne la voyait toujours pas. Puis, soudain, il la distingua – de justesse. Sa silhouette se découpait à peine sur le ciel violet piqué d'étoiles.

– Reviens ! hurla-t-il. Tu es trop près du bord !

Son cri la fit sursauter. Se retournant vivement, Anne perdit aussitôt l'équilibre sur le gazon trop sec, et partit en une longue glissade sur le dos, les jambes en l'air. Teddy dévala l'escalier. Il traversa le gazon en courant, manquant tomber lui-même, la releva et la serra dans ses bras.

– Et si tu étais tombée de l'autre côté !

Anne avait les paumes éraflées par les gravillons, et elle s'était même écorchée par endroits, en tentant sans succès de se retenir aux bords de la fissure de la muraille.

– Je ne serais pas tombée du tout, si tu n'avais pas crié !

Lorsqu'ils rentrèrent, les enfants dormaient tous. Linda était au lit, mais Michael n'était pas couché. Sur la table, il y avait deux bouteilles de vin, vides, et trois verres. Un homme qu'ils avaient rencontré la veille chez Agamemnon était passé prendre un verre avec eux, leur expliqua Michael. C'était un

Allemand de Heidelberg, venu seul à Stamnos pour ses vacances.

– Il nous a parlé de son divorce. Sa femme a rencontré un homme plus jeune que lui, dont la situation est plus brillante, et qui peut offrir aux enfants de Werner une piscine et des leçons d'équitation. Werner a essayé de se suicider, mais quelqu'un l'a découvert à temps.

Quelle façon sinistre de passer le temps, pensa Teddy. Il essayait de trouver quelque chose de réconfortant à dire lorsqu'un cri aigu leur parvint de la chambre des enfants. Teddy aurait été bien incapable de dire lequel des quatre avait hurlé, mais Michael n'hésita pas une seconde. Il avait reconnu son Alison, et alla la rassurer. Teddy adressa une grimace à Anne, qui leva les yeux au ciel. Linda sortit de sa chambre en chemise de nuit.

– Cet horrible bonhomme ! fit-elle. Il est parti ? On dirait un crapaud. Comment se fait-il qu'on ne connaisse plus que des couples en instance de divorce ?

– Tu nous connais, *nous*, dit Teddy.

– Oui, Dieu merci.

Michael emmenait ses enfants à la plage presque tous les matins. Teddy y emmena les siens, également. Il serait volontiers allé jusqu'à la baie, de l'autre côté du cap, mais Emma et Tim voulaient être avec leurs cousins, et Tim se mit à bramer quand Teddy fit des difficultés. Si bien que Teddy dut jouer la comédie pour avoir l'air absolument enchanté d'être en compagnie de Michael. Les enfants n'arrêtaient pas d'entrer dans l'eau d'un vert clair limpide et d'en ressortir. Il faisait encore très chaud, à midi.

– Comme en août, dit Teddy. Bon sang, ce qu'il peut faire chaud ici, au mois d'août!

– La chaleur et le froid ne comptent pas tellement pour moi, dit Michael.

Résistant à la tentation de répliquer : « Mes félicitations! » ou « Ce n'est pas moi qui aurais cette chance! » ou autre chose du même style, Teddy commença à parler de leurs projets pour le lendemain : louer une voiture pour aller à Likythos, visiter le monastère et ses reliques byzantines, puis le temple d'Apollon. Alors, Michael se retourna, et son visage était si malheureux, si tourmenté, avec son regard ravagé par le chagrin, que Teddy – qui s'était monté contre lui avec une indignation puérile – en fut profondément bouleversé. Le pauvre vieux, pensa-t-il, le pauvre vieux. Mais qu'est-ce qu'il a?

– Quand Andrew et Alison sont avec moi comme en ce moment, commença Michael d'une voix basse et rapide, ce n'est pas si terrible. J'ai toujours l'impression, tu vois, que je pourrais les prendre dans mes bras, m'enfuir avec eux et les cacher quelque part. (Il regarda Teddy d'un air profondément sérieux.) Je suis fort. Je suis encore jeune. Je pourrais facilement les porter tous les deux sur une assez longue distance. Je pourrais les cacher. Mais dans le monde civilisé, il n'y a aucun endroit où l'on puisse rester caché longtemps, n'est-ce pas? Malgré tout, comme je le disais, ce n'est pas si terrible quand ils sont avec moi, quand il n'y a que nous trois et personne d'autre. Mais quand je suis obligé de sortir et de les laisser avec *elle*...

» Je ne peux pas te dire ce que je ressens quand

je rentre à la maison. Pendant tout le trajet, dans le train, et sur le chemin de la gare, j'imagine que je vais pousser la porte et que je ne les entendrai pas – il n'y aura que le silence, et un petit mot sur la cheminée. J'ai peur de rentrer chez moi, tu peux me croire sur parole, Teddy, et pourtant, j'ai hâte d'y être. C'est évident. J'ai hâte de les voir, pour être sûr qu'ils sont bien là et qu'ils m'appartiennent encore. Je me dis : encore un jour de gagné. Parfois, je téléphone à la maison une demi-douzaine de fois dans la journée, simplement pour vérifier qu'elle n'est pas partie avec eux.

Teddy était atterré. Il ne savait pas quoi dire. C'était comme si le soleil s'était caché, les laissant dans un monde froid, triste et hostile. La mer scintillait, dure et immense, presque malveillante.

– Depuis que nous sommes ici, reprit Michael, je n'ai plus aussi peur. Oh! je me doute bien que tu n'as pas dû me trouver drôle. Je te demande de m'excuser, Teddy, je sais quel rabat-joie je fais. Mais je n'arrête pas de penser que, lorsqu'on va rentrer chez nous, tout va recommencer.

– Est-ce que Linde a... ? bafouilla Teddy. Je veux dire, Linda n'est pas... ?

Michael secoua la tête.

– Pas encore, pas encore. Mais elle est jeune, elle aussi, n'est-ce pas? Elle est séduisante. Elle a encore des années devant elle... des années de torture, pour moi, avant que nos enfants grandissent.

Anne apprit à Teddy qu'elle avait abordé le sujet avec Linda.

– Elle ne regarde jamais un autre homme. Elle ne ferait pas une chose pareille. Cela la désole de voir Michael dans un tel état. Si elle a maigri et renouvelé sa garde-robe, c'est parce qu'elle avait l'impression de s'être laissée aller, après la naissance d'Alison. Il lui semblait important de faire quelque chose pour plaire à Michael de nouveau. Mais cette obsession qu'il a, au sujet de ses enfants, la mine complètement. Elle veut qu'il consulte un psychiatre, mais Michael s'y refuse.

– L'ennui, dit Teddy, c'est qu'il y a une certaine part de vérité derrière tout ça. Sa folie n'est pas dépourvue de logique. Si Linda rencontrait un homme à son goût et partait avec lui – je veux dire, Michael pourrait l'y pousser s'il continue comme ça – alors, Linda emmènerait *vraiment* ses enfants et Michael les perdrait *vraiment*.

– Ah non! Tu ne vas pas t'y mettre, toi aussi!

– Ma foi, non. Je ne suis pas cinglé, moi, comme ce pauvre vieux Michael. J'espère être un homme raisonnable. Mais cela donne à réfléchir. Une femme décide que son mariage est un échec, et le mari peut perdre ses enfants, sa maison, et peut-être la moitié de ses revenus. Je veux dire, si j'avais vingt-cinq ans aujourd'hui, et si je ne t'avais jamais rencontrée, je pourrais bien y regarder à deux fois avant de me marier. Ça oui, alors!

Le dernier soir, ce fut le tour d'Anne et de Teddy de garder les enfants, pour que Michael et Linda puissent sortir. Ils devaient dîner avec Werner à l'hôtel Daphné. Linda portait une robe de soie verte, la couleur de la mer quand elle est peu profonde.

– Encore une bonne soirée où l'on va parler d'adultère et de suicide, je suppose, dit Teddy.

Aimant être entouré de choses agréables, il s'installa avec un grand verre d'ouzo sur la terrasse, sous la vigne.

– Je ne serai pas tout à fait mécontent de rentrer à la maison, poursuivit-il. Et je vais te dire quelque chose. On pourrait très bien revenir à Pâques, l'année prochaine. Pendant les vacances scolaires d'Emma.

– Et sans eux, ajouta Anne.

Michael rentra vers dix heures. Il était seul. Teddy remarqua qu'il avait les paumes éraflées, comme s'il s'était agrippé à la surface rugueuse d'une pierre quelconque. Anne se leva.

– Où est Linda?

Michael hésita avant de répondre. Une expression d'une fourberie incroyable – de celles qu'une personne saine d'esprit n'afficherait jamais – envahit peu à peu son visage. Son regard erra sur la terrasse, vers la droite, vers la gauche. Puis il contempla la paume de sa main droite et se mit à la frotter avec son pouce.

– Elle est à l'hôtel, répondit-il. Avec Werner.

Anne comprit bien avant lui, Teddy s'en rendit compte. Elle fit un pas vers Michael.

– Comment ça, elle est avec Werner?

– Elle m'a quitté. Elle rentre en Allemagne avec lui demain.

– Michael, ce n'est pas vrai. Elle ne peut pas le supporter, elle me l'a dit. Elle trouve qu'il ressemble à un crapaud.

– Oui, c'est vrai, confirma Teddy. Moi aussi, je l'ai entendue.

– Très bien, elle n'est pas avec Werner. C'est comme vous voulez. Les enfants ne se sont pas réveillés?

– Ne t'inquiète pas pour les enfants, Michael. Ils

vont très bien. Dis-nous où est Linda, s'il te plaît. Arrête de nous faire marcher.

Michael ne répondit pas. Il rentra dans la maison, accompagné par le crépitement soyeux du rideau de perles. Anne et Teddy se regardèrent.

– J'ai peur, fit Anne.

– Oui, franchement, moi aussi, dit Teddy.

Le rideau de perles cliqueta de nouveau lorsque Michael reparut, portant ses enfants : Andrew sur son épaule, Alison dans le creux de son bras, tous les deux plus ou moins endormis.

– Je me suis écorché les mains sur les pierres, là-haut, dit-il. Le gazon est glissant comme du verglas. (Il adressa à Teddy et Anne un large sourire dénué de sens.) Je voulais seulement m'assurer que les enfants allaient bien, je vais les mettre au lit, maintenant. (Il se mit à glousser avec une sorte de soulagement triomphal.) Je ne les perdrai plus, maintenant. Elle ne pourra plus me les prendre.

Father's Day
Traduction : Jean-Paul Gratias.

[illegible]

[illegible] regarde, pendant [illegible] enfants [illegible] Aurélien sur son épaule, [illegible] dans le creux de son bras, tous les deux plus ou moins endormis.

[illegible]

LE CHEMIN VERT DE QUEPHANDA

Il n'y a pas si longtemps, existait à Londres une ligne de banlieue qui filait de Finsbury Park jusqu'à Highgate, et même au-delà, à ce que je crois savoir. A l'époque où je me suis installé à Highgate, elle avait déjà été mise hors service, et à partir d'un point on en avait retiré les rails et les traverses. Mais le tracé de la voie, étrange et fascinant à la fois, est resté intact. Certaines personnes vivant aux alentours de la vieille ligne affirment que parfois, le soir, quand le vent est favorable, on entend encore la rumeur d'un train remontant la pente jusqu'à Highgate, et son long sifflet mélancolique à l'approche de l'ancienne gare désaffectée. C'est un train fantôme en quelque sorte, dont les rails démantelés auraient depuis longtemps disparu.

Mais ceci n'est pas une histoire de fantômes. En effet, comment imaginer le fantôme, non pas d'un être humain, mais d'un lieu; et qui plus est, d'un lieu n'ayant jamais existé dans le monde réel? Et qui pourrait croire qu'un homme d'aussi peu d'imagination que moi, et doté d'un sens de l'observation plus que restreint puisse vivre une expérience paranormale?

Une personne attentive, par exemple, n'aurait certainement pas vécu trois années durant à deux minutes de la vieille gare, sans même soupçonner l'existence de la ligne. La gare se trouve sur mon chemin et jour après jour, pour me rendre au métro, je lui jetais en passant un coup d'œil distrait, apercevant sans les voir ses quais abandonnés aux herbes folles et ses auvents en ruine. Je n'avais que faire de ces sorbiers, ces marronniers, ces tilleuls, dont je retrouvais pourtant les petites flaques de résine noire et gluante sous mes pas, et qui agitaient leurs feuillages loin au-dessus de ma tête, en une longue avenue aérienne. Jamais je ne me suis occupé de savoir ce que pouvait bien être cette vallée aperçue par hasard, qui surgissait soudain d'entre les sages jardinets de banlieue. On peut accéder à la voie à chaque pont, en grimpant sur le talus, ou en se laissant glisser au contraire jusqu'à elle. Parfois quelques vieilles marches subsistent encore, envahies par la végétation mais cependant toujours visibles; quand ce ne sont pas les anciens portillons – ou ce qu'il en reste. J'ai emprunté toutes les rues qu'enjambent ou que portent ces ponts, sans jamais chercher pourquoi ils avaient été construits là. J'avoue même qu'à aucun moment il ne m'est venu à l'esprit que, pour un quartier de Londres où la seule ligne de chemin de fer – le métro – se trouve enfouie au plus profond de la terre, le nombre de ponts était curieusement élevé. Je n'y pensais tout simplement pas. Marchant sous l'un de ces tunnels de brique rougeâtre, je ne songeais même pas à lever les yeux sur l'étrange construction; comme je n'ai jamais non plus jeté le moindre coup d'œil pardessus un parapet. C'est de la bouche d'Arthur Kestrell que j'entendis pour la première fois parler de la vieille ligne désaffectée, un soir que je me trouvais chez lui.

Arthur était romancier. J'écris « était » non parce qu'il a laissé tomber son métier au profit d'un autre, mais parce qu'il est mort. Je ne suis pas sûr d'ailleurs que l'on puisse véritablement parler de romans à propos de ses livres. Ils appartiennent plutôt à ce genre curieux et en fait assez populaire, qui amalgame la science-fiction, le conte de fées et le fantastique. Mais Arthur, qui signait Blaise Fastnet, était loin d'être un Mervyn Peake ou un Lovecraft. Certes, je n'avais lu aucun de ses livres à l'époque où se déroule mon récit. Mais ma femme Elizabeth l'avait fait. Arthur avait l'habitude de nous en offrir un de temps à autre juste avant sa parution, qu'il nous dédicaçait, et il était évident qu'à ses yeux il nous accordait alors quelque chose d'unique et d'infiniment précieux.

Je ne pouvais me décider à les lire; les titres à eux seuls suffisaient à me hérisser : *Kallinarth, l'Etre des Nuages, La Quête de Kallinarth, Le Seigneur de Quephanda, La Récompense du Chevalier du Graal*, et ainsi de suite. Toutefois, je parvenais, et sans qu'on puisse à proprement parler de mensonge, à lui donner l'impression que j'avais bel et bien lu son dernier roman – ou du moins je l'espère... Après tout, peut-être n'était-il pas dupe, car il ne s'avisa jamais de me demander si j'avais des critiques à formuler. Liz prétendait que ses livres étaient « amusants »; et parfois – avec la sincère intention de lui faire plaisir – elle se référait en présence d'Arthur, à un épisode d'une des histoires. « Et comme aurait dit Kallinarth... » lançait-elle alors, ou bien : « N'étaient-ce pas les mêmes fleurs que cueillit Kallinarth pour Valaden, lorsqu'elle s'éveilla de son long sommeil ? » Mais ce genre de remarques ne réussissait qu'à faire rougir le pauvre Arthur et semblait le mettre mal à l'aise. Je pense avec le recul qu'Arthur Kestrell avait la conviction intime de produire de la grande littérature : elle ne serait peut-être jamais reconnue comme telle de son vivant, mais sans aucun doute par la postérité. Elizabeth, en privé, l'avait surnommé « le Tolkien du pauvre ».

Il souffrait régulièrement de profondes et pénibles dépressions. Lorsqu'elles survenaient, il n'était plus capable d'écrire une seule ligne, de lire ou même de sortir de chez lui pour entreprendre dans les quartiers du nord de Londres, ces longues promenades-marathons qu'il affectionnait tant. Il s'enfermait dans sa vieille maison gothique, au cœur de cette zone où se rejoignent les deux quartiers de Highgate et de Crouch End, et se terrait là pour cacher sa souffrance. Il n'ouvrait plus la porte et répondait encore moins au téléphone, jusqu'à ce qu'après cinq ou six jours du désespoir le plus noir, la crise fût passée.

On ne mentionnait jamais ses livres dans aucun article critique. C'est étonnant de voir comment l'œuvre de certains auteurs peut rester systématiquement ignorée. Ce silence dédaigneux, ce manque d'intérêt n'entraînant pas même un sourire ou un sarcasme, suggèrent que le travail de l'écrivain n'a été que la répétition mercantile de ses précédentes productions, une variation autour d'un thème « commercial » et usé jusqu'à la corde, une nouvelle fournée de stéréotypes réchauffés selon les bonnes vieilles recettes. Je sais qu'Arthur en souffrait énormément bien qu'il n'en souffle jamais mot. Mais à peine Elizabeth avait-elle épluché les journaux, à la recherche d'une ligne annonçant la sortie d'un nouveau Fastnet, qu'inévitablement fondait sur lui une nouvelle crise le poussant à disparaître derrière ses épais créneaux gris.

Quand il en émergeait, il émanait de lui une sorte de bonhomie alanguie à laquelle se mêlait une opiniâtreté farouche. Nous étions toujours ravis de nous trouver en sa compagnie, ne serait-ce que pour savourer son étrange et débordante imagination, dont la vivacité donnait ce ton particulier à ses livres, et émaillait d'une touche d'exotisme toutes les opinions qu'il pouvait émettre au cours de la conversation.

Il revenait toujours sur le fait que Londres était une ville étrange, prestigieuse et sinistre à la fois, suspendue entre les collines et vallons de notre partie septentrionale du monde. N'étais-je donc point sensible au charme mélancolique qui attirait tant les étrangers, fascinés par cette grise Eldorado ? Puisque j'y étais né, sans doute ne pouvais-je pas apprécier toutes ses richesses, ses contrastes, ses caprices. Cet été-là, Arthur m'entraîna au cours de longues conversations sur la tombe de Marx; nous poussâmes même jusqu'à l'étang dans la vallée de la Heath, là où Shelley était si souvent venu faire du bateau. Nos promenades nous menèrent souvent dans le district de Heath, puis dans toutes les parties boisées de Londres; et un jour, comme je me plaignais de ce que nous ayons épuisé toutes les balades possibles, Arthur me révéla l'existence de la voie abandonnée sur le trajet de l'ancienne ligne de chemin de fer. C'était une longue route verte, me dit-il, semblable à un chemin de campagne et courant sur plus de six kilomètres; et, avec son fin sourire habituel, il entreprit de m'en expliquer le parcours. La voie passait au-dessus de Northwood Road et de Stanhope Road, puis sous Crouch End Hill; au-dessus de Vicarage Road, sous Mount View, au-dessus de Mount Pleasant Villas et de Stapleton Hall, en dessous d'Upper Tollington Park et sur Oxford Road, sous Stroud Green Road, pour arriver ainsi à la gare de Finsbury Park.

– Comment y accède-t-on? lui demandai-je.

– A la hauteur de n'importe quel pont. Ou à Holmesdale Road. Ou même, depuis le fond de mon propre jardin.

– C'est parfait, lui dis-je. Allons-y tout de suite, il fait si beau.

– Il y aura une foule terrible le samedi, me répondit Arthur. Le soleil dardera des rayons de feu et ce sera envahi de hordes surexcitées de chiens bondissants et d'enfants avec leurs machines à musique et leurs cannettes de boisson.

Voilà comment parlait Arthur, articulant chaque mot avec délectation ou langueur.

– Il faut y aller quand tout est tranquille; au crépuscule, à l'heure où la couleur de l'air vire au mauve et embaume du parfum amer de la barbotine.

– Eh bien, demain soir alors. Je passerai te prendre et tu nous y emmèneras.

Mais le lendemain, devant la maison d'Arthur, nous l'appelâmes en vain, et sous l'arche de pierre de l'entrée, il n'y eut pas de réponse à nos coups de sonnettes redoublés. Je fis alors une chose que, dans les mêmes circonstances, je ne m'étais jamais permis auparavant. Je reculai de quelques pas et me hissai légèrement pour jeter un coup d'œil par l'une des longues fenêtres treillagées, en forme de boucliers inversés. Il se tenait là et me regardait, mais son visage m'apparaissait vague, comme effacé par les carreaux sombres et biseautés, et pourtant si caractéristique, toujours pâle; ratatiné au-dessus de la maigre barbe en pointe. Il est extrêmement déconcertant de voir l'un de vos vieux amis vous regarder d'une telle manière, et répondre à votre sourire par un regard fixe et vide, ne montrant pas le moindre signe de reconnaissance. Je réalisai alors que le pauvre Arthur ne tournait plus tout à fait rond. Il était évident qu'il traversait à nouveau l'une de ses crises, et qu'il serait vain d'attendre.

Nous décidâmes de rentrer, abandonnant pour ce soir-là notre projet d'exploration de la vieille ligne. Mais le lendemain, profitant du ralentissement habituel des activités en cette période de l'année, je quittai tôt mon travail, et me retrouvai à la sortie du métro à Highgate à 4 heures et demie. Je savais que Liz serait sortie. Sur un coup de tête, je m'engageai dans Holmesdale Road. J'avais remarqué plus d'une fois en empruntant ce chemin, qu'au nord de la rue on pouvait apercevoir une sorte de pré, étonnamment champêtre et bordé d'arbres; séparé de quelques dizaines de mètres seulement de la puanteur et du bruit assourdissant du trafic d'Archway Road. Je comprenais à présent de quoi il s'agissait. Je descendis le long du talus et tournai au sud-ouest, où je voyais la prairie se rétrécir. L'allée verte et herbeuse, de la largeur d'un chemin de campagne anglaise, était bordée de massifs de buddleias, d'où s'échappaient des myriades de papillons multicolores. Exception faite de la rangée de maisons dont on continuait à entrevoir l'arrière entre les feuilles allongées et les grappes violettes des buddleias, on pouvait se croire en pleine nature. Ce n'était pas encore l'heure mauve d'Arthur; dans l'air immobile le soleil, loin de se coucher, inondait le chemin verdoyant d'une lumière blanche et claire. Il se dégageait malgré tout de l'endroit une atmosphère chaleureuse et campagnarde, je pourrais même dire, pastorale. Je n'ai pas hélas, le talent d'Arthur, ni son imagination romanesque, pour décrire tout ceci de manière appropriée. Je dirais seulement qu'ici, le temps semblait avoir suspendu son cours, et avec lui, l'agitation frénétique et oppressante, la rage de ce quotidien dont je venais juste de m'extraire.

Ma promenade m'amena à passer sur le pont de Northwood Road, puis sur celui de Stanhope Road, et je me sentis honteux d'avoir tant de fois marché *dessous*, sans jamais m'être posé de questions à leur sujet. La voie se mettait ensuite à descendre, ressemblant bientôt plus à une vallée qu'à une chaussée, encadrée sur deux côtés par des remblais où poussaient de jeunes et frêles bouleaux, et la berce géante. Mais je ne remarquais toujours aucune fleur de barbotine. Je les connaissais bien pourtant, ces espèces de doubles marguerites d'un jaune éclatant, qui fleurissent en grappe au bout de longues tiges, et dont le parfum ressemble tant à celui des chrysanthèmes. Peut-être d'ailleurs sont-ils de la même famille. Quoi qu'il en soit, je n'en distinguais aucune, et je ne voyais pas de lilas non plus; mais après tout, j'avais fort bien pu me tromper sur ce qu'avait voulu dire Arthur. Enfin, une chose était sûre, ils ne pouvaient être en fleur au mois de juillet. Pour cette première promenade, je m'arrêtai à la hauteur de Crouch End Hill, et je rentrai par les rues. J'ai peut-être donné l'impression que l'endroit était désert, ce qui n'était pas le cas. Je dépassai deux femmes promenant un labrador, deux garçons à bicyclettes et une petite fille qui se régalait d'une glace au chocolat.

Liz fut curieuse de savoir où je m'étais rendu, mais pas très contente que je ne l'aie pas attendue. Si bien que le soir même, tout de suite après le dîner, je refis avec elle le même itinéraire; et le lendemain, nous suivîmes la voie sur une distance bien plus longue. Une barrière de barbelés, bloquant l'entrée d'un tunnel, nous empêcha d'arriver vraiment au bout de la ligne; mais nous en avions parcouru la majeure partie et cet ultime obstacle, nous en étions persuadés, ne nous privait pas de grand-chose.

L'ambiance champêtre disparaissait après Crouch End Hill. On passait devant une vieille gare, dont il ne restait plus que les quais; un vieux matelas de plumes gisait éventré sous le pont – à moins que l'endroit n'eût servi à plumer une bonne douzaine d'oies. A partir de là, la voie se transformait en décharge sur plus d'une centaine de mètres, avant de s'élargir en une aire de jeux entourée de fresques, et surtout de graffiti.

Liz regarda une fois encore la vallée de verdure qui s'étendait derrière elle.

– Ce qu'on gagne d'un côté, on le perd de l'autre, fit-elle remarquer, alors qu'un enfant, sur sa balançoire lançée à toute allure, manquait de nous assommer.

La beauté et la magie que j'ai voulu dépeindre, ne concernaient que cette toute première section, qui va de la gare de Highgate jusqu'à Crouch End Hill. Lorsque enfin je revis Arthur, de retour parmi nous, je lui contai notre expédition sur toute la longueur de la voie. Il était surexcité.

– Vraiment, vous y êtes allés? Sur toute la voie? C'est extraordinaire n'est-ce pas? Vous avez vu les digitales, il doit y en avoir sur plus d'un kilomètre... et le mimosa? Qui aurait cru que du mimosa supporterait les rigueurs de l'hiver anglais? A mon avis, il n'y en a nulle part ailleurs, et pourtant ici il fleurit. Vois-tu, il est complètement à l'abri du gel et du vent le plus rude.

Le ton d'Arthur était vaguement désenchanté, comme si gel et blizzard avaient été plus métaphoriques que réels, avatars cruels de la vie et du destin plutôt que simples variations météorologiques. Convaincu qu'il se trompait, je ne relevai pourtant pas l'histoire du mimosa. Il était évident que la voie, au contraire, se trouvait très exposée, et non pas protégée, et quand bien même elle l'aurait été, que ce soit au sud de la Cornouaille ou aux îles Scilly, le mimosa serait de toute façon mort de froid. Les digitales, c'était une autre histoire; et pourtant je n'en avais vu aucune, entre les plants de moutarde sauvage et de cresson, la bardane et les lauriers, et les feuilles vert tendre du pas-d'âne. Rien, sinon les berces géantes avec leurs couronnes de fleurs d'un blanc sale. Et passé Mount View, quand la voie redevenait plus sauvage, on marchait entre des haies d'aubépine, mais toujours pas de mimosa.

– Le terrain appartient à la commune de Haringey.

La voix d'Arthur, d'ordinaire si expressive et vibrante, s'était faite traînante de mépris.

– Ils veulent y construire des logements; je vois ça d'ici, un étalage tentaculaire d'immeubles de brique, une immense traînée rougeâtre qui défigurera tout.

Pauvre Arthur; ses écrits ne relevaient sans doute pas du génie comme il avait l'air de le croire, mais il avait réellement un don.

Cette année-là, son nouveau roman devait paraître courant août. Liz en avait reçu une épreuve et l'avait lue consciencieusement. A peu de variantes près, m'avait-elle confié, c'était encore et toujours la même histoire : Kallinarth le héros-roi, régnant sur les nuages; Valaquen la vierge au sommeil éternel, qui ne s'éveillerait à la réalité qu'une fois le Mal chassé du monde; et Xadatel et Finrael, le magicien et le guerrier, les deux jumeaux célestes. Cette fois, le roman avait pour titre *Les Fontaines de Zond*.

Arthur vint dîner à la maison alors que Liz venait de terminer le livre. Nous avions trois autres invités, et arrivés au café et à l'indispensable pousse-café, je fis remarquer qu'à mon grand regret je n'avais pas de *Drambuie*. Je savais qu'Arthur en était particulièrement amateur.

– Quel dommage que Xadatel ne soit pas avec nous ce soir, qu'en penses-tu Arthur, plaisanta Liz, il t'en aurait ramené aussitôt des Fontaines de Zond !

Ce n'avait été qu'une petite remarque enjouée et inoffensive, qui démontrait après tout combien Liz connaissait l'œuvre de notre ami, jusqu'aux propriétés de ces fabuleuses fontaines, d'où s'écoulaient à profusion toutes sortes d'élixirs et de nectars. Mais Arthur s'empourpra, l'air profondément offensé. Et plus tard Liz, à la lumière des événements, se reprocha amèrement sa maladresse.

– Tu ne pouvais pas savoir, lui répétais-je sans cesse.

– J'aurais dû pourtant, j'aurais dû comprendre combien il prenait son travail au sérieux. Ces fontaines, vois-tu, produisaient une sorte d'eau sacrée, et moi qui voulais en faire jaillir du *Dram-*

buie! Oh mon Dieu! Je sais que c'est absurde, mais il croyait dur comme fer à ce qu'il écrivait. Shakespeare et Arthur Kestrell étaient habités par la même passion, la même force les inspirait – la même Muse si tu préfères. Le résultat est différent, c'est tout!

Arthur avait vraiment mal pris la remarque de Liz.

– J'ai bien peur, ma chère Elizabeth, lui avait-il dit d'un ton acide, que tu ne sois pas très sensible à la littérature imaginative.

Il était parti aussitôt après. Cela nous avait paru quelque peu exagéré à l'époque, et Liz avait ajouté qu'à son avis, jamais Tolkien ne se serait vexé si l'on avait gentiment plaisanté au sujet de Frodo.

Une semaine environ après l'incident, un article dans le journal nous apprit qu'à la suite d'une décision du ministre de l'environnement, la commune de Haringey s'était vu interdire la construction d'immeubles le long de l'ancienne voie. La « Promenade du Parc », tel était le nom qu'on lui avait donné; et on la décrivait comme une branche désaffectée du réseau Nord Est de Londres, ayant desservi sur plus de 7 kilomètres la section entre Finsbury Park et Highgate, et même à une époque Alexandra Palace. Elle continuerait désormais à faire la joie des promeneurs, et le journaliste vantait avec enthousiasme l'existence d'une faune exceptionnelle aux abords de la vieille ligne, mentionnant même des renards. Ce qui nous incita, Liz et moi, à vouloir nous y rendre un soir d'automne pour en dénicher un. Nous ne l'avons jamais fait, j'ai eu depuis de bonnes raisons pour ne plus vouloir m'approcher de l'endroit, mais ce jour-là je ne savais pas que j'avais des choses à redouter.

La fin du mois d'août approchait. Nous avions

eu droit aux habituels caprices du climat anglais, il avait soudainement fait très froid, avec des rafales de vent du Nord dignes d'un mois de novembre; puis aux derniers jours le soleil refit son apparition dans un ciel débarrassé de tout nuage. Nous avions reçu entre-temps de la part d'Arthur, un mot de remerciement pour le dîner, quelques lignes d'une politesse formelle et glacée, sans qu'il ait donné signe de vie depuis.

Les Fontaines de Zond avaient officiellement paru, et les critiques, comme toujours, s'étaient montrés terriblement muets. Je redoutais une nouvelle dépression, mais il fallait que je reprenne contact avec Arthur pour tenter de combler ce fossé entre nous. Dans l'après-midi du 1er septembre, un samedi, je partis à pied en direction de chez lui, avec l'intention de prendre par la voie.

Je lui avais passé un coup de fil auparavant, mais en vain. Il faisait un temps exquis, Arthur s'était sans doute installé dans son jardin d'où il ne pouvait entendre le téléphone. Je n'étais jamais passé par là pour me rendre jusque chez lui et je réalisai combien c'était direct, et plus rapide. C'était la première fois aussi que j'empruntais la Promenade du Parc durant le week-end. Je compris instantanément pourquoi Arthur évitait les envahisseurs du dimanche : on y voyait de tout, depuis les bandes de jeunes désœuvrés, les adolescents rivés à leurs transistors et les écolières surexcitées, jusqu'aux grappes de gamins, les couples d'amoureux et les pique-niqueurs entre deux âges. A la hauteur du pont de Northwood Road, un groupe de filles et de garçons étaient adossés au parapet, jouant de la guitare et même de la batterie, et faisant à eux seuls plus de bruit que tous les promeneurs réunis.

Je marchais d'un bon pas, assailli par tant de gens et de bruit, et incapable d'apprécier la verdure; et je me souviens avoir senti mes pensées se tourner de plus en plus intensément vers Arthur. Paradoxalement, notre amitié, déjà ancienne et relativement intime, ne m'avait jamais poussé à chercher ses sentiments et sa personnalité. Pas une seule fois je ne m'étais moqué de ses livres, mais je les avais traités avec une indifférence cavalière, proche du dédain. Je n'en avais lu aucun, jamais, pas une page. Et comme je suivais rêveusement ce chemin verdoyant vers le pont de Stanhope Road, j'entrevis combien il devait être épouvantable de consacrer toute son âme, sa vie, son énergie, à une œuvre qui reste ignorée des critiques, invendue dans les librairies, méprisée par les éditeurs; et sortie de son étagère uniquement par ceux que la couverture attire, et qui cherchent l'évasion.

Dans un élan d'enthousiasme sincère, je décidai alors de lire l'un après l'autre, chacun des livres d'Arthur que nous avions en notre possession. Je fis le vœu secret de faire enfin preuve d'intérêt envers ses écrits, d'engager Arthur à en discuter avec moi. Mon ardeur était telle, que j'étais déterminé à mettre mes plans à exécution dès l'instant où je le reverrais. Je commencerais par lui présenter des excuses à propos de Liz, après quoi je lui annoncerais mon intention de progresser pas à pas à travers tous ses livres (sans lui dévoiler bien entendu que jusque-là je n'en avais pas lu un seul), en débutant par *Kallinarth, l'Etre des Nuages* pour arriver aux *Fontaines de Zond*. Cela représentait une bonne quinzaine de bouquins, peut-être plus. Il n'était pas impossible qu'Arthur réagisse à mes propositions avec un scepticisme plus qu'ironique, mais il s'apercevrait rapidement que j'étais sincère. Mon enthousiasme lui ferait probablement du bien, et qui sait, peut-être l'aiderait-il à surmonter ces terribles dépressions qui semblaient l'accabler à un rythme de plus en plus soutenu.

La maison d'Arthur se trouvait située de mon côté, sur le versant de Crouch End Hill qui touche Highgate. Mais elle n'était pas visible depuis la voie, malgré le passage au fond du jardin. A cet endroit, la ligne s'enfonçait en une sorte de vallée, et pour atteindre Crescent Road, il fallait en escalader le talus juste avant le pont de Crouch End Hill. Je gravis donc les quelques mètres qui me séparaient de la rue, et revins sur mes pas jusqu'à la maison d'Arthur. Je sonnai à sa porte sans succès, si bien que tout comme avec Liz la fois précédente, je me risquai à jeter un coup d'œil par les fenêtres gothiques. Je n'aperçus pas son visage cette fois, mais je suis sûr d'avoir vu bouger un rideau. Je l'appelai, chose que je faisais pour la première fois, car jamais auparavant je n'avais éprouvé un tel sentiment d'urgence vis-à-vis d'Arthur.

– Ouvre-moi, Arthur ! lui criai-je. Il faut que je te voie. Ne te cache pas, sois raisonnable; c'est très important !

Le silence régnait toujours, et le rideau demeura immobile. Je sonnai à nouveau et frappai la porte à coups redoublés. Immobile et méfiante, la maison paraissait attendre mon départ.

– C'est bon, articulai-je à travers la fente de la boîte à lettres, reste où tu es. Mais je reviendrai, je vais juste faire un tour et je reviendrai, et il faudra bien que tu me laisses entrer.

Je redescendis sur la voie où je croisai les musiciens du pont de Northwood forts de deux nouvelles recrues, de jeunes Indiens et leurs cithares, et qui défilaient en direction de Finsbury Park en frappant sur leurs tambours. Un enfant avait été piqué par une abeille qui butinait sur un massif de buddleias; sous le pont, un labrador et un berger allemand se battaient. Je pressai le pas pour atteindre Stanhope Road, décidé à rappeler Arthur dès mon arrivée à la maison, et à laisser sonner le téléphone jusqu'à ce qu'il se décide à répondre.

Quelle force me poussait donc si farouchement à le voir, à violer son intimité? Je n'en sais rien; mais tout ceci est en relation étroite, j'en suis convaincu, avec ce qui s'est passé. C'était comme si durant ces instants, une heure et demie tout au plus, Arthur et moi avions mêlé nos personnalités; ou plutôt, comme si j'étais devenu partie intégrante de son esprit, et lui du mien. Ce jour-là, et ce jour-là seulement, pendant un court moment, Arthur Kestrell fut pour moi la personne la plus importante au monde.

Je ne l'ai jamais revu. Je ne retournai pas chez lui. A quelques mètres du pont de Stanhope, la voie se hisse à nouveau au-dessus des rues avoisinantes et je ressentis le besoin de jeter un dernier coup d'œil en arrière, dans l'espoir d'apercevoir son jardin ou de l'y voir lui-même. Mais les buissons d'aubépine, les bouleaux et les éternels buddleias formaient à cet endroit une haie trop dense, interminable et de loin plus haute que moi. Je m'approchai du talus et repoussai d'une main les longues grappes de fleurs violettes et le feuillage rêche, provoquant l'envol d'une nuée orange et noir de papillons effarouchés.

Mais au lieu des jardins et des maisons que je m'étais attendu à voir, j'aperçus devant moi un chemin de verdure, s'étirant à l'infini telle une longue avenue droite, et qui s'écartait de la vieille ligne en direction du nord. Il semblait qu'il débouchait là, juste à mes pieds. Sans le savoir, j'avais écarté les branchages à l'endroit même d'une étrange bifurcation, dont la jonction d'avec la ligne principale avait peu à peu disparu sous les herbes sauvages.

Fasciné, je ne pouvais en détacher mon regard. Il me semblait invraisemblable que je ne l'aie jamais remarquée auparavant, qu'Arthur même ne m'en ait pas parlé. Il me revint alors que le journal avait mentionné quelque chose au sujet de l'ancienne gare d'Alexandra Palace. J'en avais conclu qu'elle était desservie par la même ligne, directement venue de la gare de Highgate, mais je devais m'être trompé après tout, cela devenait évident à la vue de cette branche secondaire qui s'éloignait vers le nord, exactement dans la direction du parc et du palais.

La présence de cet épais rempart de feuillage expliquait pourquoi je ne l'avais jamais vue, mais en hiver, quand il n'en resterait que les branches, tout le monde s'apercevrait de son existence. Il fallait que je vérifie si je ne me trompais pas, si bien que je décidai de suivre jusqu'au bout cette nouvelle voie, et de rentrer chez moi en bus, depuis Alexandra Palace.

Sous mes pieds, l'herbe poussait plus verte et plus drue que sur la voie principale, ce qui semblait indiquer que l'endroit était beaucoup moins fréquenté. Je réalisai soudain que j'avais laissé la foule bruyante loin derrière moi; j'étais seul. Aucune silhouette humaine ne se profilait à l'horizon.

Lequel en fait n'était pas si éloigné. J'en venais à me demander comment, à mon premier coup d'œil entre les feuilles, j'avais pu voir une route droite, et sans arbres. Au contraire, d'immenses chênes et des hêtres pourpres comme je n'en avais jamais vu sur l'autre voie, poussaient sur les talus. Leurs branches vigoureuses se rejoignaient en une sorte de tunnel de verdure dont les fines ramilles entrelacées se découpaient sur le ciel comme une dentelle. Entre les troncs, finalement, je découvris les digitales et la barbotine vantées par mon ami, et l'air se chargeait de plus en plus des senteurs de fleurs sauvages inconnues.

Le chemin vert – soudain, sans que je puisse me l'expliquer, je m'étais mis à surnommer ainsi la branche secondaire – prenait peu à peu, en s'élargissant, l'allure d'une avenue. L'après-midi tirait à sa fin, et une fine chape de brume tombait sur la ville, comme il arrive souvent à Londres après une chaude journée à la fin de l'été. Les toits d'ardoise que je surplombais légèrement, brillaient à travers la lumière mordorée de ce brouillard somnolent, telles des flaques d'argent dépoli. J'espérais apercevoir un renard, mais je ne vis rien, pas âme qui vive; personne qui vînt croiser ma route, et dans mon dos il n'y avait que cette longue avenue d'herbe tendre, s'étirant à perte de vue, déserte, immobile et tranquille, comme enrubannée de fines traînées de brume. Les oiseaux s'étaient tus et pas le moindre souffle de vent ne venait ébouriffer les aériennes petites boules dorées et duveteuses des fleurs de mimosa. Car devant moi, c'était bien du mimosa que je voyais. Je m'arrêtai, et m'émerveillai à ce spectacle.

Le mimosa s'épanouissait de chaque côté du chemin avec la même vigueur et la même exubérance qu'au bord de la Méditerranée; c'était bien le même arbuste gracile et floconneux, avec son doux parfum sucré. Il embaumait si fort que les senteurs de digitales et de barbotine s'étaient évanouies. Etaient-ce donc les chênes géants qui le protégeaient des pires gelées? Ou bien y avait-il ici, dans cette partie de Londres où l'on trouve de nombreux parcs et forêts, une sorte de source d'eau chaude souterraine? Je cueillis un rameau de mimosa, afin de ramener à Liz une preuve de ce que j'avais vu.

Je marchai longtemps, du moins j'en eus l'impression, avant d'atteindre Alexandra Palace. Je connais mal ce parc, et si je passe souvent devant ses grilles en voiture, je crois bien n'y avoir été qu'une seule fois, à l'occasion d'une exposition de tableaux qui se tenait à l'intérieur du vieux palace. Mon chemin vert m'avait amené en un point du parc où je n'étais jamais allé, et le palace même, sous les murs duquel je me trouvais à présent, m'apparaissait très différent. On se serait cru à Versailles, plutôt que face à une serre d'époque victorienne (ce à quoi j'avais toujours assimilé le bâtiment). Deux pièces d'eau rectangulaires flanquaient la volée de marches me faisant face et il en jaillissait sans interruption plus d'une centaine de fontaines. Au-dessus de moi, l'escalier semblait donner sur des arches et des colonnades qui soutenaient un ensemble de tours fines et élancées. C'était donc là, au pied de ces hauts murs, qu'avaient dû arriver les trains de la vieille ligne. Je pouvais imaginer les gens qui l'empruntaient autrefois pour venir se distraire aux expositions et aux concerts. J'entrepris de descendre la douzaine de marches qui me séparaient du niveau du sol et d'où je pouvais voir le parc tout entier.

Londres avait disparu, avalée par l'opaque brouillard laiteux. L'effet était saisissant; je n'avais jamais rien vu de tel depuis la terre ferme. On se serait plutôt cru au hublot d'un avion, quand il émerge au-dessus des nuages et que leur masse crénelée et ouateuse s'étend devant vous à perte de vue. Je marchais sur de vastes pelouses verdoyantes, tout en m'étonnant à nouveau de ma solitude. Peut-être, pensai-je, le parc était-il interdit aux promeneurs après une certaine heure.

En arrivant au pied de la colline herbue, je découvris les grilles en fer forgé noir, dressées entre de grosses colonnes ioniques. Elles étaient ouvertes. Je les franchis et débouchai dans une rue que je n'avais jamais vue, dans un quartier tout aussi inconnu. Je pris un taxi pour rentrer, et sur le chemin, je me promis d'interroger Arthur sur cet étrange terminus, ces pelouses, ces colonnades et ces fontaines.

Je n'eus jamais l'occasion de lui demander quoi que ce soit. Le lundi suivant, sa femme de ménage, pénétrant dans la vieille maison gothique, le trouva pendu à une des poutres de son bureau. On put déterminer qu'il était mort depuis un moment, probablement samedi après-midi. Il avait laissé une note rédigée de sa main, de cette écriture minutieuse et dans ce choix de mots un peu pédant qui lui étaient si particuliers : « L'amère déception éprouvée devant mon échec continuel à toucher un public sensible ou à recevoir une quelconque reconnaissance devant mes écrits m'amène aujourd'hui à mettre fin à ma vie. Il ne se trouvera personne pour être affligé d'une douleur irrémédiable à l'annonce de ma mort. L'existence m'est devenue insupportable, je ne pourrais affronter de nouvelles crises de désespoir. »

D'après Elizabeth, la cause immédiate du suicide

du pauvre Arthur n'était autre qu'une chronique – la seule probablement qu'il ait jamais eue – trouvée dans le journal l'après-midi même de sa mort. Elle l'avait lue au moment de ma promenade, bouleversée par avance à l'idée des réactions d'Arthur. Le critique, qui n'avait sans doute rien d'autre à se mettre sous la dent, s'était emparé des *Fontaines de Zond* et l'avait littéralement réduit en pièces.

Il commençait par admettre qu'il n'était pas dans ses habitudes de gâcher du ruban machine (selon ses propres termes) pour de l'*heroic fantasy* de bazar, mais qu'il était grand temps d'entrer en campagne avant que le marché du livre n'en soit envahi. Le cas était d'autant plus grave ici, que l'auteur avait rehaussé l'action d'un semblant de grandeur épique, d'une écriture soi-disant littéraire, et prêté à des personnages stéréotypés et vulgaires des motivations héroïques. De jeunes lecteurs innocents, poursuivait-il, couraient le risque de croire qu'ils avaient en main de la bonne, de la vraie littérature. L'article développait toute une série d'arguments du même acabit. Avec une exquise cruauté, le critique s'était délecté à disséquer chacun des personnages, les exposant au plus cuisant des ridicules. A supposer qu'Arthur en ait pris connaissance, ce qui était plus que probable, inutile de s'étonner qu'il ait décidé sans plus tarder de mettre fin à ses jours.

Tout ceci me fit quelque peu oublier le chemin vert. J'en avais touché deux mots à Liz juste avant d'apprendre la mort de notre ami et nous avions l'intention d'y faire un tour. Mais à la suite du terrible épisode survenu dans le bureau de la maison gothique, il fut au-dessus de nos forces de nous promener si près de ce jardin et de découvrir sans Arthur ces endroits où il aurait tant aimé nous emmener. Sans cesse, je me demandais si réellement j'avais vu ce rideau bouger, lorsque j'avais sonné à sa porte, ou si ce n'avait été qu'un reflet du soleil. Etait-il déjà mort à cet instant précis ? Ou était-il plongé dans quelque sombre méditation avant de commettre l'irréparable ? Tout comme Liz pouvait se reprocher sa plaisanterie au sujet des fontaines, moi-même je m'accusais pour avoir poursuivi ma promenade sans frapper encore et encore ou casser un carreau pour m'introduire dans la maison silencieuse. Mais ce que je m'évertuais à répéter à Liz, valait tout aussi bien pour moi : comment aurions-nous pu prévoir un tel dénouement ?

En octobre, je me décidai à retourner sur la vieille ligne. J'avais promis ma perceuse électrique à un ami vivant à Milton Park et je me rendis chez lui à pied, en passant par le versant sud de la voie à partir du pont de Stanhope Road. Peter proposa de me raccompagner en voiture, mais par ce doux après-midi d'automne déclinant, je voulus revoir la branche secondaire si bien que je retournai jusqu'au pont et obliquai vers l'est.

Les arbustes n'avaient presque rien perdu de leur feuillage mais ils se paraient déjà d'or et de rouge. Je calculai le plus précisément possible l'emplacement de la bifurcation et m'enfonçai entre les massifs de buddleias. J'avais dû faire une mauvaise estimation, car une fois derrière la haie je ne vis que les jardins de Stanhope et Avenue Road. Je crus m'être trompé, tout simplement, ne pas avoir été assez loin. Pourtant, l'écart ne pouvait être trop énorme, je voyais déjà l'endroit où la vieille ligne s'enfonce en une vallée. J'étais sûr d'une chose, mon embranchement ne partait pas de ce genre de terrain et je n'avais pas eu à gravir une pente pour l'atteindre.

J'hésitai, croyant m'être dirigé du mauvais côté du pont de Stanhope. Je retournai sur mes pas, avançant lentement pour plonger de temps à autre entre les buddleias et jeter un œil au nord. Mais le tournant annonçant l'embranchement restait introuvable. Je commençais à douter, pensant avoir oublié que j'avais bel et bien escaladé le talus avant de le découvrir et que le point de jonction se trouvait beaucoup plus près du pont de Crouch End Hill. Mais la nuit tombait; il ferait bientôt trop sombre pour distinguer quoi que ce soit.

– Nous finirons bien par le trouver, dis-je à Liz.

Elle me jeta un regard lourd de sous-entendus.

– Je n'ai rien voulu dire à l'époque, me répondit-elle, nous étions trop bouleversés tous les deux par le mot d'Arthur, mais une dame de l'Amicale de Highgate m'a assuré qu'il n'y a jamais eu de seconde voie. Pour aller jusqu'à Alexandra Palace, la ligne passait par Highgate.

– C'est absurde, rétorquai-je. Je peux t'assurer que je m'y suis promené. Tu ne te souviens pas de ce que je t'en ai dit en revenant?

– Tu es bien certain de n'avoir pas imaginé tout ça?

– *Imaginé?* Mais tu sais que je n'ai aucune imagination!

Liz se mit à rire.

– C'est ce que tu prétends toujours, mais je ne suis pas d'accord du tout. Au contraire, je pense que tu en as plus que bien des gens que je connais.

Je commençais à perdre patience.

– Quoi que tu en dises, j'ai dû marcher le long

de cette voie sur plus de trois kilomètres et j'ai débouché sur Alexandra Park, juste au pied du palais; j'ai continué jusqu'à Wood Green ou Muswell Hill, où j'ai pris un taxi pour rentrer. Vous allez me faire croire, toi et tes amies de l'Amicale de Highgate, que j'ai rêvé tous ces chênes, ces hêtres et puis le mimosa? Tiens, pour te prouver que je dis vrai, je t'avais ramené un rameau de mimosa; je l'ai cueilli et je l'ai mis dans la poche de mon veston vert.

– Ton veston vert est allé au pressing le mois dernier.

Mais je n'étais pas prêt à accepter que le chemin vert n'ait été qu'un rêve. Pourtant, je ne l'ai jamais retrouvé. Les arbres perdirent bientôt toutes leurs feuilles, et il ne fut plus question alors d'avoir à écarter les buissons pour le débusquer. Le versant nord tout entier de la vieille ligne était à présent visible, exposé aux intempéries, et paraissant avoir perdu désormais une grande partie de son charme. La vallée verdoyante n'était plus qu'une espèce de saillie, une longue bande de terrain abandonné traversant une partie des quartiers Nord de Londres; au-dessus de Northwood Road et au-dessus de Stanhope, puis sous Crouch End Hill, au-dessus de Vicarage Road, sous Mount View, au-dessus de Mount Pleasant Villas et de Stapleton Hall en dessous d'Upper Tollington Park et sur Oxford Road, sous Stroud Green Road, pour arriver à la gare de Finsbury Park. Et nulle part sur toute sa longueur – et j'en ai exploré chaque centimètre – nulle part il n'y avait trace d'un embranchement pour une ligne secondaire menant jusqu'à Alexandra Palace.

– Tu as rêvé tout ça, me disait Liz, et avec le

choc de la mort du pauvre Arthur, tu y as cru pour de bon.

– Mais Arthur n'était pas encore mort... enfin, je ne pouvais pas deviner qu'il l'était.

Mon invention, si c'en était une, de la voie secondaire, aurait pu rester l'un de ces mystères qu'il arrive à tout un chacun de rencontrer dans sa vie. Mais dans le courant de ce même hiver, une étrange et déconcertante conversation entre Liz et un couple d'amis, vint remettre la question sur le tapis. En dépit des résolutions prises en ce mémorable après-midi, je n'avais toujours pas pu me résoudre à lire un seul des livres d'Arthur. A quoi bon désormais? Arthur n'était plus là pour en discuter avec moi. Autre chose m'arrêtait. Je craignais de ne pas pouvoir préserver le souvenir que j'avais de lui si jamais il s'avérait que le critique avait dit vrai, et que ses romans soient truffés de stéréotypes grandiloquents et de mauvais trucs d'écrivain. Je préférais ce qu'a dit je ne sais plus quel poète :

Je pleure au souvenir de ces temps où, ensem-
[ble
Nous lassions le soleil en discours jusqu'au
[soir

Liz, au contraire, avait eu un regain d'intérêt pour les *Chroniques de Kallinarth*, elle les avait toutes relues pour les passer ensuite à Peter et à Jane. Confortablement installés en cette fin d'après-midi d'hiver dans le living de Milton Park, tous trois s'en étaient imprégnés jusqu'à l'excès, et c'étaient eux qui cette fois lassaient le soleil en discours jusqu'à la tombée de la nuit. Je demeurais silencieux, ne leur prêtant qu'une oreille distraite et me gardant bien de prendre part à leur conversation; mais je pensais à Arthur, dont la maison n'était pas loin, et qui aurait écouté avec émerveillement ces savants commentaires de ses écrits.

Je ne sais plus lequel de leurs mots me frappa, ou par quelle phrase électrisante je fus tiré de ma rêverie, au point que je me penchai en avant, soudain attentif. Je n'aurais su dire ce que c'était, mais j'avais senti un frisson subtil me parcourir. Dans la pièce bien chauffée, il me sembla tout à coup que j'avais froid.

– Non, ce n'est pas dans *Kallinarth, l'Etre des Nuages*, disait Jane, mais dans *La Quête de Kallinarth*. Il sort de bon matin pour aller à la chasse, et il croise Xadatel et Finrael sur le chemin vert, alors qu'ils se dirigent vers le palais à cheval.

– Ce n'est pas à ce moment-là qu'il en parle pour la première fois. Dans le tout premier livre, il y a une description détaillée du chemin avec cette procession qui remonte jusqu'aux fontaines de Zond...

– A mon avis, il en parle dans tous ses livres, coupa Peter, parce que c'est son thème principal, son leitmotiv, ce chemin vert bordé d'arbres duveteux et dorés, qui mène au palais royal de Quephanda...

– Tout va bien, mon chéri? demanda vivement Liz. Tu es blanc comme un linge.

– Il est surtout pâle d'ennui, fit Peter, c'est terrible pour lui cette discussion. Sur des fadaises dont il n'a pas lu une ligne.

– J'ai pourtant l'impression que je connais tout ça, réussis-je à articuler.

La conversation dévia. Je n'y participai pas, j'en étais incapable. Je ne pouvais penser qu'à une chose. C'était incroyable, absurde. Il était absolument impossible que je me sois glissé dans son esprit ou lui dans le mien, et que ceci se soit passé à l'instant même de sa mort. Et pourtant...?

Et je me répétai inlassablement : il a réussi. Il a atteint son public. Enfin.

Les Reines du Crime

Nouvelles venues ou spécialistes incontestées, les grandes dames du roman policier dans leurs meilleures œuvres.

BLACKMON Anita
1912 On assassine au Richelieu
1956 On assassine au Mont-Lebeau

BRAND Christianna
1877 Narcose
1920 Vous perdez la tête

CANNAN Joanna
1820 Elle nous empoisonne

CHRISTIE Agatha
(86 titres parus, voir catalogue général)

CURTISS Ursula
1974 La guêpe

DISNEY Dorothy C.
1937 Carnaval

DISNEY D.C. & PERRY G.
1961 Des orchidées pour Jenny

EBERHARDT Mignon
1825 Ouragan

GOSLING Paula
1971 Trois petits singes et puis s'en vont
1999 L'arnaque n'est plus ce qu'elle était

HUGHES Dorothy B.
2043 Voyage sans fin

KALLEN Lucille
1816 Greenfield connaît la musique
1836 Quand la souris n'est pas là...

LANGTON Jane
2037 Le poète meurt toujours deux fois

LEE Gypsy Rose
1893 Mort aux femmes nues
1918 Madame mère et le macchabée

LE FAUCONNIER Janine
1639 Le grain de sable
1915 Faculté de meurtres
(Prix du Festival de Cognac 1988)

LONG Manning
1831 On a tué mon amant
1844 L'ai-je bien descendue?
1988 Aucun délai

McCLOY Helen
1841 En scène pour la mort
1855 La vérité qui tue

McGERR Pat
1903 Ta tante a tué

McMULLEN Mary
1921 Un corps étranger

MILLAR Margaret
723 Son dernier rôle
1845 La femme de sa mort
1896 Un air qui tue
1909 Mortellement vôtre
1928 Le Territoire des monstres
1982 Les murs écoutent
1994 Rendons le mal pour le mal
1996 Des yeux plein la tête
2010 Un doigt de folie

MOYES Patricia
1824 La dernière marche
1856 Qui a peur de Simon Warwick?
1865 La mort en six lettres
1914 Thé, cyanure et sympathie

NATSUKI Shizuko
1861 Meurtre au mont Fuji
1959 La promesse de l'ombre
(Prix du Roman d'Aventures 1989)
2039 Hara-Kiri, mon amour

NIELSEN Helen
1873 Pas de fleurs d'oranger

PARETSKY Sara
2050 Au point mort *(mai 91)*

RADLEY Sheila
1977 Trois témoins qui lui voulaient du bien

RENDELL Ruth
1451 Qui a tué Charlie Hatton?
1501 Fantasmes
1521 Le pasteur détective
1532 L'Analphabète
1563 L'enveloppe mauve
1582 Ces choses-là ne se font pas
1616 Reviens-moi
1629 La banque ferme à midi
1640 Un amour importun
1649 Le lac des ténèbres
1688 Le maître de la lande *(avril 91)*
1718 La fille qui venait de loin
1747 La fièvre dans le sang
1773 Qui ne tuerait le mandarin?
1815 Morts croisées
1951 Une amie qui vous veut du bien
1965 La danse de Salomé
1978 La police conduit le deuil
1989 La maison de la mort
2000 Le jeune homme et la mort
2015 Meurtre indexé
2036 Les désarrois du Professeur Sanders

RICE Craig
1835 Maman déteste la police
1862 Justus, Malone & Co
1870 Malone et le cadavre en fuite
1881 Malone est à la noce
1899 Malone cherche le 114
1924 Malone quitte Chicago
1962 Malone met le nain au violon

RUTLEDGE Nancy
1830 La femme de César

SEELEY Mabel
1871 D'autres chats à fouetter
1885 Il siffle dans l'ombre

SIMPSON Dorothy
1852 Feu le mari de madame

THOMSON June
1781 L'ombre du traitre
1857 Finch se jette à l'eau
1886 Plus rude sera la chute
1900 Sous les ponts de Wynford
1948 Dans la plus stricte intimité
1995 Bouillon de minuit

YORKE Margaret
1958 Morte et pas fâchée de l'être

LE MASQUE

AMELIN Michel
1952 Les jardins du casino
(Prix du Festival de Cognac 1989)

BACHELLERIE
1791 L'île aux muettes
(Prix du roman d'Aventures 1985)
1795 Pas de quoi noyer un chat
(Prix du Festival de Cognac 1985)
1796 Il court, il court, le cadavre
1800 La rue des Bons-Apôtres

BRETT Simon
1787 Le théâtre du crime
1813 Les coulisses de la mort
1972 Les gens de Smithy's

BURLEY W.J.
1762 On vous mène en bateau

CHRISTIE Agatha
(86 titres parus, voir catalogue général)

COLLINS Max Allan
1966 Un week-end tuant
2017 Pas de pitié pour ceux qu'on aime

EXBRAYAT
(96 titres parus, voir catalogue général)

GRISOLIA Michel
1846 L'homme aux yeux tristes
1847 La madone noire
1874 La promenade des anglaises
1890 650 calories pour mourir
1930 Question de bruit ou de mort

HALTER Paul
1878 La quatrième porte
(Prix du Festival de Cognac 1987)
1922 Le brouillard rouge
(Prix du roman d'Aventures 1988)
1931 La mort vous invite
2002 La chambre du fou
2035 La tête du tigre *(janv. 91)*

HAUSER Thomas
1853 Agathe et ses hommes

JONES Cleo
1879 Les saints ne sont pas des anges

LECAYE Alexis
1963 Un week-end à tuer
2047 Chronique d'un juge ordinaire

POSLANIEC Christian
1998 Les fous de Scarron
(Prix du Festival de Cognac 1990)

SALVA Pierre
1739 Quand le diable ricane
1828 Le diable au paradis perdu

TAYLOR Elizabeth A.
1810 Funiculaire pour la morgue

TERREL Alexandre
1733 Rendez-vous sur ma tombe
1749 Le témoin est à la noce
(Prix du Roman d'Aventures 1984)
1757 La morte à la fenêtre
1777 L'homme qui ne voulait pas tuer
1792 Le croque-mort de ma vie
1822 Le croque-mort et les morts vivants
1867 Le croque-mort et sa veuve
1925 Le croque-mort a croqué la pomme
1997 Le croque-mort s'en mord les doigts

UNDERWOOD Michaël
1817 Trop mort pour être honnête
1842 A ne pas tuer avec des pincettes

VARGAS Fred
1827 Les jeux de l'amour et de la mort
(Prix du Festival de Cognac 1986)

Le Club des Masques

BARNARD Robert
535 Du sang bleu sur les mains
557 Fils à maman

CASSELLS John
465 Solo pour une chanteuse

CHRISTIE Agatha
(86 titres parus, voir catalogue général)

DIDELOT Francis
524 La loi du talion
488 Le double hallali

ENDRÈBE Maurice Bernard
543 Gondoles pour le cimetière

EXBRAYAT
(96 titres parus, voir catalogue général)

FERRIÈRE Jean-Pierre
515 Cadavres en vacances
536 Cadavres en goguette

FOLEY Rae
527 Requiem pour un amour perdu

HINXMAN Margaret
542 Le cadavre de 19 h 32 entre en gare

LONG Manning
519 Noël à l'arsenic
529 Pas d'émotions pour Madame

RENDELL Ruth
451 Qui a tué Charlie Hatton? *(avril 91)*
601 Morts croisées *(avril 91)*
602 Le lac des ténèbres *(avril 91)*
603 Une amie qui vous veut du bien *(avril 91)*

SALVA Pierre
503 Le trou du diable

SIMPSON Dorothy
533 Le chat de la voisine

STEEMAN Stanislas-André
586 L'assassin habite au 21
587 Six hommes morts
588 Le condamné meurt à 5 heures
589 Légitime défense (Quai des Orfèvres)
590 Le trajet de la foudre
592 La nuit du 12 au 13
594 Le mannequin assassiné
596 Un dans trois
600 La morte survit au 13 *(fév. 91)*

THOMSON June
521 La Mariette est de sortie
532 Champignons vénéneux

UNDERWOOD Michaël
531 La main de ma femme
538 La déesse de la mort

Liste alphabétique complète des

Romans d'Agatha Christie

(Masque et Club des Masques)

	Masque	Club des masques
A.B.C. contre Poirot	263	296
L'affaire Prothéro	114	36
A l'hôtel Bertram	951	104
Allô ! Hercule Poirot ?	1175	284
Associés contre le crime	1219	244
Le bal de la victoire	1655	561
Cartes sur table	274	364
Le chat et les pigeons	684	26
Le cheval à bascule	1509	514
Le cheval pâle	774	64
Christmas Pudding (Dans le Masque : Le retour d'Hercule Poirot)		42
Cinq heures vingt-cinq	190	168
Cinq petits cochons	346	66
Le club du mardi continue	938	48
Le couteau sur la nuque	197	135
Le crime de l'Orient-Express	169	337
Le crime du golf	118	265
Le crime est notre affaire	1221	228
La dernière énigme	1591	530
Destination inconnue	526	58
Dix brèves rencontres	1723	578
Dix petits nègres	299	402
Drame en trois actes	366	192
Les écuries d'Augias	913	72
Les enquêtes d'Hercule Poirot	1014	96
La fête du potiron	1151	174
Le flambeau	1882	584
Le flux et le reflux	385	235
L'heure zéro	349	439
L'homme au complet marron	69	124
Les indiscrétions d'Hercule Poirot	475	142
Je ne suis pas coupable	328	22
Jeux de glaces	442	78
La maison biscornue	394	16
La maison du péril	157	152
Le major parlait trop	889	108
Marple, Poirot, Pyne et les autres	1832	583
Meurtre au champagne	342	449
Le meurtre de Roger Ackroyd	1	415
Meurtre en Mésopotamie	283	28
Le miroir du mort (dans le Masque : Poirot résout trois énigmes)		94

	Masque	Club des masques
Le miroir se brisa	815	3
Miss Marple au club du mardi	937	46
Mon petit doigt m'a dit	1115	201
La mort dans les nuages	218	128
La mort n'est pas une fin	511	90
Mort sur le Nil	329	82
Mr Brown	100	68
Mr Parker Pyne	977	117
Mr Quinn en voyage	1051	144
Mrs Mac Ginty est morte	458	24
Le mystère de Listerdale	807	60
La mystérieuse affaire de Styles	106	100
Le mystérieux Mr Quinn	1045	138
N ou M?	353	32
Némésis	1249	253
Le Noël d'Hercule Poirot	334	308
La nuit qui ne finit pas	1094	161
Passager pour Francfort	1321	483
Les pendules	853	50
Pension Vanilos	555	62
La plume empoisonnée	371	34
Poirot joue le jeu	579	184
Poirot quitte la scène	1561	504
Poirot résout trois énigmes	714	
(Dans le Club : Le miroir du mort)		
Pourquoi pas Evans?	241	9
Les quatre	134	30
Rendez-vous à Bagdad	430	11
Rendez-vous avec la mort	420	52
Le retour d'Hercule Poirot	745	
(Dans le Club : Christmas Pudding)		
Le secret de Chimneys	126	218
Les sept cadrans	44	56
Témoin à charge	1084	210
Témoin indésirable	651	2
Témoin muet	377	54
Le train bleu	122	4
Le train de 16 h 50	628	44
Les travaux d'Hercule	912	70
Trois souris...	1786	582
La troisième fille	1000	112
Un cadavre dans la bibliothèque	337	38
Un deux trois	359	1
Une mémoire d'éléphant	1420	469
Un meurtre est-il facile?	564	13
Un meurtre sera commis le...	400	86
Une poignée de seigle	500	40
Le vallon	361	374
Les vacances d'Hercule Poirot	351	275

IMPRIMÉ EN FRANCE PAR BRODARD ET TAUPIN
Usine de La Flèche (Sarthe).
ISBN : 2 - 7024 - 2147 - 4
ISSN : 0297 - 0384

H 31/0736/4